ULLSTEIN

Das Buch

Fast sieht es so aus, als könnte der Zweite Weltkrieg auf deutscher Seite nicht nur von den Soldaten, sondern auch von den Physikern in eine entscheidende Phase geführt werden. Eine besondere Rolle spielt dabei Dr. Michael Fox, der am renommierten Kaiser-Wilhelm-Institut in Berlin und gleichzeitig auch als Mehrfrontenagent für die Amerikaner, Kanadier und die Russen tätig zu sein scheint, was auf der deutschen Seite nicht unbemerkt bleibt. Auf der Flucht kreuzt sein Schicksal die Wege eines Unterseebootes, das von einer so unvorstellbaren Pannenserie verfolgt wird, daß man ihm sogar eine Nummer verweigert und es einfach mit dem letzten Buchstaben des Alphabets gekennzeichnet hat: U-Z. Doch dann wächst Kapitänleutnant Wunder über sich hinaus – zum Nachteil des russischen Frachters *Cruisenstern* …

Der Autor

C. H. Guenter wurde 1924 in Franken geboren. Wie viele seiner Altersgenossen legte er im Krieg das Notabitur ab und wurde zur Marine eingezogen, der er dann bis Kriegsende angehörte. Seine wichtigsten Einsätze erlebte er als Offizier, zum Teil auf U-Booten. Seine Laufbahn als Schriftsteller begann C. H. Guenter mit dem Schreiben von Schlagertexten und Kurzgeschichten. Später folgten Drehbücher und Kriminalromane. Viele seiner Romane erschienen auch in den USA, in England, Frankreich, Brasilien, Italien und Rumänien.

In unserem Hause sind von C. H. Guenter bereits erschienen:

*Atlantik-Liner – Das letzte U-Boot nach Avalon (*Band 1: *Einsatz im Atlantik;* Band 2: *U-136 in geheimer Mission;* Band 3: *Duell der Admirale) – Das Otranto-Desaster – Das Santa-Lucia-Rätsel – Der Schwarze Baron – Der Titanic-Irrtum – U-136 Flucht ins Abendrot – U-Kreuzer Nowgorod – Geheimauftrag für Flugschiff DO-X – Kriegslogger-29*

C. H. Guenter

U-Z jagt Cruisenstern

Roman

Ullstein

Ullstein Taschenbuchverlag
Der Ullstein Taschenbuchverlag ist ein Unternehmen der
Econ Ullstein List Verlag GmbH & Co. KG, München
Originalausgabe.
1. Auflage 2002

Umschlaggestaltung: Hansbernd Lindemann, Grafikdesign, Berlin
Titelabbildung: Viktor Gernhard
Gesetzt aus der Times Ten
Satz: Pinkuin Satz und Datentechnik, Berlin
Druck und Bindearbeiten: Ebner & Spiegel, Ulm
Printed in Germany
ISBN 3-548-25440-3

Inhalt

Schiff ohne Namen

Die Wolkendecke über der Kieler Förde hing so tief und grau, als hätte man Schafwolle an die Decke genagelt. Die zwei alten Männer, oben an der Krupp-Germania-Werft, rümpften die Nasen.

»Das ist der Ostsee-Hammer.«

»Bringt Wind, Regen und Kälte«, sagte der Kleinere, der mit der abgeschundenen Ledermütze.

Im Ersten Weltkrieg hatten beide noch in der Flotte gedient und dann bei Krupp angefangen. Jetzt hatte man sie in Rente geschickt. Aber fast täglich suchten sie ihre alte Arbeitsstätte auf, so wie ehemalige Eisenbahner es nicht lassen können, vom Bahnhof abfahrenden Zügen nachzusehen. Unter ihnen auf Helling IV entstand ein spindelförmiges Boot, etwa siebzig Meter lang. Es war noch nicht völlig beplankt, achtern schauten noch die Rundspanten heraus.

Der mit der Ledermütze sagte zu dem Graukopf. »Damals, 1917, sahen die UC-Boote fast genauso aus wie die neuen.«

»Was haben die Ingenieure eigentlich in den zwanzig Jahren getrieben?«

»Tennis gespielt.«

Obwohl es zu nieseln begann, palaverten die beiden weiter vor sich hin.

»Vor zwanzig Jahren waren die Boote besser, die Motoren stärker, und die Torpedos trafen auch nicht.«

»Wie man hört, treffen sie heute überhaupt nicht mehr«, fügte der andere spöttisch hinzu. »Dafür gehen sie elektrisch.«

In der nächsten Woche sollte der Stapellauf des Bootes stattfinden. Kleinere Schiffe würden dann quer die Helling hinab ins Wasser rutschen.

»Sie bauen jetzt jeden Monat eines fertig. Sie machen schon keine Feierlichkeiten mehr.«

»Die Feier war, daß der erste glühende Niet dem Vorarbeiter ins Auge ging.«

»Jetzt sieht er kaum noch was, soll aber 'ne Abfindung kriegen.«

»Und ich sage dir, ein Unglücksschiff wird das!« Der Graukopf schüttelte sich ein wenig.

»Bei allen Schiffen geht immer irgend etwas schief, vor allen Dingen bei dem Tempo heutzutage. Sie bauen wie verrückt Panzerschiffe, Schlachtschiffe, Torpedoboote, Schnellboote.«

»Manche kriegen weder einen Namen noch eine Nummer aus Gründen der Geheimhaltung.«

»Tjä, überall lauern Spione. Die Engländer kontrollieren am liebsten jede Heringstonne.«

Beim Stapellauf des U-Boots waren sie wieder dabei. Das U-Boot ruhte mit dem Heck und dem Bug auf mächtigen Holzböcken, auf denen es quer über die schräge Ablaufbahn ins Wasser glitt. Damit alles schön rutschte, wurde kräftig mit Schmierseife nachgeholfen. Trotzdem passierte etwas Unvorhergesehenes. Der Rumpf des U-Boots, oben noch offen, kam mehr schräg als quer ins Wasser, weil einer der Ablaufböcke irgendwie abgebremst wurde. Dadurch krängte der

Rumpf schwer von Backbord nach Steuerbord. Durch die Decköffnungen schwappte Wasser ein, und der Rumpf sank. Die Werft schickte sofort ein Tauchkommando los, welches die Öffnungen abdichtete und den Rumpf leerpumpte. Zwei Tage später lag das Boot wieder an der Pier, ohne daß davon in der Presse viel Wirbel gemacht worden wäre. Da das Boot weder Namen noch Nummer hatte, malten die Werftarbeiter nachts an den Turm ein weißes Z. In der Seemannssprache bedeutete das so viel wie Zero oder Null.

Bei ihrem nächsten Besuch unterhielten sich die zwei alten Werftarbeiter wieder.

»Die Panne vorgestern ist das zweite schlechte Vorzeichen gewesen.«

»Möchtest du auf einem solchen Pott einsteigen?«

»Nicht für noch so viel Kohle. Da bleibe ich lieber bei meinem Rentnerfrühstück. Karo einfach, belegt mit Daumen und Zeigefinger.«

In den nächsten Wochen bekam *U-Z* seine Innenausstattung, die Motoren, die Batterien, die Torpedorohre, Funk, Pumpen und all die tausend Dinge, die ein U-Boot brauchte, um seetüchtig zu werden.

Mit *U-Z* ging es nicht glückhaft weiter. In der Kieler Förde wurden mit einigen ausgesuchten U-Boot-Leuten und Werftingenieuren Probefahrten durchgeführt. Dabei überprüften sie die Gängigkeit aller Systeme und nahmen auch einige Tauchgänge vor. An einem dieser Tage, schon auf der Rückfahrt nach Kiel, etwa querab von der Schleuse Holtenau, es war beim Auftauchen aus zwölf Meter Tiefe, hatte *U-Z* eine unerwartete Kollision. Es bumste wie ein Granatenvolltreffer.

Der erfahrene Marineoffizier, der als Kommandant das Boot befehligte, fand keine Erklärung dafür. Er hatte vorher noch einen Rundblick durch das Sehrohr geworfen und auf die Entfernung einer halben Seemeile kein fahrendes Objekt erkannt.

»Auftauchen!« befahl er. »Anblasen! Tiefenruder hart oben. AK zurück. Wo bleiben die Meldungen?«

Das Boot hatte kein Leck erhalten, schien aber unter Wasser irgendwie festgehalten zu werden. Über Funk wurde von der Werft ein Schlepper angefordert. Der Taucher des Schleppers stellte fest, daß sich *U-Z* mit dem Hauptruder und der Backbordschraube in einem Wrack verfangen hatte.

Der zuständige Navigator warf einen Blick in die Karte. »Unmöglich.«

Das Unfaßbare wurde aber zum Ereignis.

»Hier ist im Umkreis einer Seemeile kein Wrack verzeichnet.«

»Dann hat man eben vergessen, die Karten auf den neuesten Stand zu bringen.«

»Ja, irgend so eine Schlafmütze im Flottillenbüro.«

»Dort wird es natürlich wieder keiner gewesen sein.« Der Schlepperführer erinnerte sich, daß vor nicht allzu langer Zeit, vielleicht im Winter, ein dänischer Küstentanker mit einem anderen kollidierte und gesunken war.

Am Abend kam *U-Z* frei, wurde zur Werft geschleppt. Im Dock stellte man glücklicherweise keine schweren Schäden fest. Lediglich ein Schraubenflügel war verbogen. Die Schraube mußte ausgetauscht werden.

U-Z blieb auf der Pannenspur. Die erste Besatzung kam an Bord, unternahm zur Einschulung mehrere Fahrten. Ein Stück in die Ostsee hinein, um Fehmarn herum – Mecklenburger Bucht. Dann erfolgte die Klarmeldung, daß *U-Z* einsatzbereit sei. Über Funk kam der Befehl, daß es in die Nordsee laufen solle. Befehlsgemäß marschierte *U-Z* durch den Kaiser-Wilhelm-Kanal Richtung Elbe und Brunsbüttelkoog. Beim Ausschleusen passierte es dann. Keiner dachte an etwas Schlimmes, die Sicht war gut, es herrschte kaum Strömung. Möglich, daß *U-Z* mit etwas zu viel Schwung aus der Schleusenkammer kam. Vor der Kaimauer wäre das Boot noch leicht zu stoppen gewesen, wenn die E-Maschine rechtzeitig auf Rückwärtsfahrt umgeschaltet worden wäre. Vielleicht lag es an der Befehlsübermittlung der noch jungen Besatzung oder an einem Defekt im Schalt-Schütz. Jedenfalls rummste *U-Z* bei drei Knoten Fahrt mit dem Bug voll gegen die Kaimauer und schrammte daran entlang, bis ein Dickdalben es stoppte. Der junge Kommandant war der Verzweiflung nahe. Er schrieb seinen Bericht. Dabei konnte er dem Bordtagebuch entnehmen, daß dies schon der dritte außergewöhnliche Zwischenfall war, der sich auf *U-Z* ereignete. Bei der Untersuchung des Falls wurde dem Kapitänleutnant eine Teilschuld aufgebürdet. Zurück im Werftdock, schätzten die Ingenieure die Reparaturkosten auf einhundertzwanzigtausend Reichsmark.

Bei der Sicherungsdivision Nord war man jetzt, was die Einsätze von *U-Z* betraf, vorsichtig geworden.

»Nicht, daß ich das Unglück herbeireden möchte«,

sagte Fregattenkapitän Kleinschmitt, »aber in diesem Zossen ist der Wurm drin.«

Mit neuem Kommandanten erhielt *U-Z* eine Einsatzorder, die keine großen Anforderungen an Boot und Besatzung zu stellen schien. Es sollte um Skagerrak in die Nordsee gehen, um dort die Bewegungen der britischen Heimatflotte zu beobachten. Fleißig kontrollierte *U-Z* zwischen den Shetland-Inseln und Norwegen schwere und leichte Einheiten der *Home Fleet* und ging sofort auf Tauchfahrt, wenn ihm einer dieser Pötte zu nahe kam.

Das Wetter wurde schlechter. Orkanartige Stürme wurden vorhergesagt. Über Funk erteilte man *U-Z* den Befehl zur Heimkehr mit Ziel Cuxhaven. *U-Z* ging also auf Ostkurs. Dabei wurde es von den orkanartig hochgepeitschten Wellen derart in Mitleidenschaft gezogen, daß der Kommandant nur noch grüne Gesichter sah und zu tauchen befahl. Das Fahrwasser eignete sich aber nicht sonderlich dafür, also ging man hinter der Insel Helgoland in Deckung.

Als der rote Felsen an der Kimm auftauchte, sagte der *U-Z*-Kommandant zu seinem Obersteuermann: »Wir verholen uns einige Stunden in Lee-Seite.«

»Der Steem soll noch ein oder zwei Tage blasen, Herr Kaleu, das Wetter wird eher schlimmer.«

Mit Hilfe von Dieseln und E-Maschinen versuchten sie, in Lee-Position auf Abstand zur Insel zu bleiben. In der Nacht meldete der LI Ausfall des Hauptruders. Der Kommandant versuchte, nur mit den Schrauben das Boot auf Position zu halten. Doch obwohl sie sich auf der dem Wind abgewandten Seite Helgolands befanden, trieb das Boot leewärts und geriet auf Grund. In der auflaufenden Flut kam es jedoch frei und konnte von einem Fischkutter auf den Haken genommen werden.

Nun trug endgültig *U-Z* den Makel eines Unglücksschiffes an sich. Es erhielt auch keine Nummer, sondern wurde jetzt offiziell als *U-Z* geführt.

»Am liebsten würde ich das Ding verstecken«, stöhnte der Flottillenchef.

»Aber wo, fragt der Floh«, bemerkte sein Stellvertreter und fand den Witz selbst nicht zum Lachen.

»Wollen versuchen, es einer Schulflottille aufs Auge zu drücken. Der einundzwanzigsten!«

Keiner der jungen tüchtigen Wachoffiziere, die an der Reihe waren, ein eigenes Boot zu bekommen, riß sich darum, auf *U-Z* als Kommandant eingesetzt zu werden. Ausmustern konnte man *U-Z* jedoch nicht. Es hatte kaum ein Jahr auf dem Kiel und galt praktisch noch als Neubau. Aber bei der deutschen Reichskriegsmarine hatte es seinen Spitznamen weg. Man nannte es nur das »graue Monster«.

Das große graue Monster

In Hamburg war Sommer, der Regen wurde wärmer. Drüben auf der St. Pauli-Seite der Elbe war die Welt schwarz von Regenschirmen. Doch dann schob sich die Sonne heraus. Die Regenschirme wurden zusammengeklappt, eine bunte Menschenmenge kam darunter zum Vorschein. Mindestens zehntausend Menschen wollten zusehen, wenn das Schauspiel über die Bühne ging.

Im Dock von Blohm & Voss lag das größte deutsche Schlachtschiff, die *Bismarck*. Ein zweihundertfünfzig Meter langes Ungetüm aus Stahl, das ungefähr 50 000 Tonnen verdrängte.

Die *Bismarck* war der ganze Stolz der jungen Marine. Im Schwimmdock von Blohm & Voss hatte sie den letzten Unterwasseranstrich erhalten. Jetzt war das Dock geflutet, Schlepper zogen den Koloß hinaus in die Elbe, wo sie mit ihm ein großes Drehmanöver beschrieben, so daß der Bug Richtung Fahrwasser Cuxhaven stand. Vermutlich sollte die *Bismarck* nach Wilhelmshaven laufen.

So ein Gratistheater ließen sich die Hamburger nicht entgehen. Dicht bei dicht standen sie an den Landungsbrücken. Zwei Militärkapellen spielten, und immer wieder applaudierten die Massen.

Niemand verließ seinen Beobachtungsposten. Nur einem jungen Mann wurde das Theater allmählich zu dumm. Er hielt wenig von Schlachtschiffen, vom Krieg noch weniger, und von der Art, wie sich die Nazis darauf vorbereiteten, hielt er überhaupt nichts.

Er trug eine Brille mit ovalen Gläsern und dünnem silbernen Rand, so wie sie einst der Wiener Komponist Schubert getragen haben soll.

Präpotenter Dampfer, dachte er, klappte die Bügel zusammen, steckte die Brille in die Reverstasche seines Sakkos und drängelte in Richtung Binnenalster davon.

Ein Hamburger Schauermann im gestreiften blauen Kittel, der neben ihm gestanden hatte, holte ihn ein. Vor Begeisterung arbeitete er heftig mit den Händen und schlug dem jungen Physikstudenten dabei fast ins Gesicht. »In zweieinhalb Jahren haben wir das Ding fertig gebaut. Rekordzeit, oder? Muß leider zur Schicht, sonst würde ich noch dableiben.«

Der junge Mann machte längere Schritte, aber der Werftarbeiter blieb neben ihm.

Um nicht unhöflich zu sein, fragte der junge Mann, der tatsächlich so jung auch wieder nicht war, sondern mindestens schon die Mitte der Zwanzig überschritten hatte: »Wo fährt es denn hin, Ihr Ding?«

»Das ist geheim.«

»Wo kann man so was verstecken, etwa im Gebirge?«

Der Werftarbeiter kicherte, seine Stimme aber hörte sich fast empört an: »Kenne kein Gebirge mit Seehafen. Außerdem braucht sich dieses Schiff nicht zu verstecken!«

»Ist es unangreifbar?«

Der Werftarbeiter zählte auf, als hätte er die *Bismarck* selbst konstruiert: »Nee, das Schiff greift keiner an. Die

Bismarck muß sich nicht verholen. Außerdem hängen die in Wilhelmshaven bestimmt ein Tarnnetz drüber.»

»Dann kann ich ja ruhig schlafen«, spottete der Student.

Der Volksauflauf hatte ihm Angst gemacht und jetzt dieser hartnäckige Werftgrandi auch.

»Fahren Sie auch U-Bahn?« wollte der wissen.

»Nein, ich muß zur Universität.«

»Medizin?«

»Physik.«

»Aaa, so ein Eierkopf. Dann guten Morgen, Sir.« Der Werftarbeiter tippte mit zwei Fingern an den Mützenschirm und bog ab.

Der Student, sein Name war Michael Fox, fühlte sich gleich besser. Außerdem war das heute ein guter Tag für ihn. Er hatte erfahren, daß seine Doktorarbeit mit *summa cum laude* bewertet worden war, sein letztes großes Examen mit Note eins. Morgen sollten er und andere Kommilitonen im Audimax die Zeugnisse überreicht bekommen und die Urkunde über seine Dissertation.

Frohgemut, die Hände tief in den Taschen, eilte er nach Hause in seine Bude, legte sich hin und nahm sich vor, den Tag angenehm zu beenden. Mit Freunden war er in einem Hamburger Kellerlokal mit Kabarett verabredet. Es lag nahe der Reeperbahn und nannte sich *Silberfische.* Dort konnte man einen Happen essen. Es gab auch guten Wein. Alles den meist leeren Geldbeuteln der Studenten angepaßt.

Als Fox kam, war die Bude schon voller Rauch und Lärm. Es gab kaum noch Platz. Seine Kommilitonen winkten ihm und rückten zusammen.

»Hallo, Alter, trau keinem Fuchs auf grüner Heid'«, frozzelten sie.

Die Vorstellung begann wie immer mit Verzögerung. Alle applaudierten immer heftiger, bis es losging. Endlich schwang der Vorhang beiseite. Auf der Bühne stand eine Reihe junger Kabarettisten, meist mit abgebrochenem Studium. Einer hämmerte ins Klavier, und alle begannen zu singen.

»Wir sind die Silberfischli,
die kleinen Wischliwischli.
Flugs mal da, mal dort,
auch mal am Abort.
Lieb zu den kleinen Mösen,
die großen machen auch mal in die Hösen.«

Neben Comedy-Nummern gab es Songs, Jazz und Sketche, die auch vor der Regierung nicht halt machten, am laufenden Band.

Nach der Pause trat als Glanznummer ein junger Student mit dickgläseriger Brille auf. Das Haar trug er gescheitelt wie Hitler. Auf die Oberlippe hatte er sich als Andeutung von Schnurrbart zwei schwarze Schnürsenkel geklebt. Zuerst stolzierte er im Kreis herum, machte den Nazigruß.

Alle riefen begeistert: »Heil, Heil, Heil.«

Er blieb stehen, es wurde still, und er sagte: »Danke, ich heile mich selbst.« Dann fing er mit näselnder Stimme seinen Vortrag an. »Volksgenossan und Genossannanan, es war ein langer Weg bis hierher. Vom Wiener Puff bis zur Reichskanzlei. Auch uns hat man mit Bluman beworfan, leider hat man vergessen, vorher die Töpfe abzunehman.«

Beifall.

Der Künstler fuhr fort: »Das Ausland will ja gar nicht sehen, was wir leisten. Da heißt es immer nur, wir könnten nur Sümpfe trockenlegen und die besten Kommiß-Stiefel nageln. Alles Verleumdung. Unsere Gegner behaupten, wir verstünden nichts von Kunst. Deshalb habe ich meinen Freund Göring beauftragt, Kunsthonig noch und noch herzustellen.«

Frenetischer Beifall. »Bravo, Wolfgang!« riefen sie.

Der hagere Brillenträger machte, jetzt mit künstlich rauher Stimme, weiter: »Ich bin ein Mann des Friedens, aber sollte man uns dereinst in den Krieg treiben, und wir werden kämpfen müssen wie einst der große Friedrich an der Flöte, dann werde ich euch vielleicht fragen: Wollt ihr Ganonen oder Butt'r? Und ihr werdet mir antworten: Butt'r, mein Führer, Butt'r! Und danach, nach dem großen Sieg wird man sagen: Deutschland, wie bist du schön geworden! Die Männer des geflügelten Rades, der Bahn, und die des gebogenen Hornes, der Post, verbrüdern sich. Evangelische und katholische Priester fallen sich in die Arme. Deutschland, wie bist du schön geworden! Zwar wird kein Stein auf dem anderen liegen. Was uns allerdings erspart, die alten Hütten einzureißen, bevor wir sie neu aufbauen. Und was mich betrifft, ich werde bescheiden leben wie immer, werde mir vielleicht in Paris einen Hausmantel aus deutschem Loden kaufen, werde eine vegetarische Zigarre rauchen und Whisky, gebrannt aus Veilchenpastillen, trinken, so wie mein alter Freund Winston. Dazu werde ich ein Vollbad nehmen und erst einmal tausend Jahre abwarten und singen: *God save the Schickelgruber*.«

Der Applaus wurde immer wilder. »Weiter, weiter, Wolfgang!« schrie das Publikum.

Wolfgang hob seine Stimme noch ein wenig. »Nicht nur Winston ist in der Schule durchgefallen, auch ich habe studiert. Als junger Aborent in Wien an der Heurigen-Unität. Sieben Silvester Mathik und Einstürzende Prachtbauten. Auch einem Churchill muß klar sein, falls er Krieg will: Sein Krug geht so lange zum Brunnen, bis der Brunnen leer ist.«

Aus einer der mittleren Reihen erhob sich unter Protest eine füllige blonde Frau, gekleidet in ein stramm sitzendes Kostüm vom Schnitt Reichssicherheitsdienst. »Aufhören!« schrie sie, »aufhören! Das ist üble Nachrede auf unseren heißgeliebten ...«

Sie schrie noch lange und verließ dann die *Silberfische*.

Michael Fox, der Student, hatte sie nur kurz gesehen und war erschrocken. Er kannte dieses Mädchen. Es war Margarethchen Siebenlist. Das Wort Jugendfreundin wäre zu viel gewesen. Sie hatten nicht einmal im selben Sandkasten gespielt. Er spielte in dem für die Kinder reicher Familien, sie spielte in dem Sandhaufen auf der anderen Straßenseite, wo Hunde und Katzen hinschissen.

Diese Margarethe Siebenlist stammte aus dem Niedersächsischen. Sie war ein absolutes Landei und wurde, wie man sich erzählte, von den jungen Männern ihres Dorfes als Trampel bezeichnet. Ihr Vater, ein einfacher Landarbeiter, fühlte sich geadelt durch die braune SA-Uniform, die er Tag und Nacht trug. Er war eines der ersten NSDAP-Mitglieder in dem Nest. Auf dem steilen Karriereweg nach der Machtergreifung gelangte er nach Münster, wo er zum Ortsgruppenleiter ernannt wurde. Selbstverständlich marschierte auch seine Tochter Margarethe fleißig im Bund Deutscher Mädchen, wo sie bald zur Führerin heranreifte. Zu erkennen war das an den Schnüren, die sie an der weißen Bluse trug. Erst waren sie weiß-rot, dann grün, dann raupendick silbrig.

Die Siebenlists wohnten damals in einem vornehmen Gründerzeithaus, das Juden gehört hatte, bevor man sie verjagte. Es war eine absolut feine Gegend. Mitunter spielten auch Kinder aus besseren Kreisen in der Allee. Dabei verguckte sich der Pummel Margarethe Siebenlist bald in den Gymnasiasten Michael Fox, dessen Vater Hauseigentümer, Notar und Rechtsanwalt war. Allerdings machte sich Fox wenig aus dem blondbezopften, stämmigen Mädchen, dem ständig der Rotz aus der Nase lief. Als sie älter wurden, stellte sich heraus, daß der gescheite Michael Fox für eine Menge Sachen etwas übrig hatte, aber nicht für die Nazis. Er war nie bei einem Zeltlager oder Heimatabend der HJ, hatte aber ein schnelles, freches Mundwerk. Wenn man versuchte, ihn zu hänseln, schlug er gerne kräftig zu. Freunde hatte er dadurch wenige, aber er fand Gleichgesinnte. Sie gehörten jener Gruppe an, die man damals die Roten nannte. Das war die Arbeiterjugend der Kommunistischen Partei.

Bei den Nazis und auch beim Ortsgruppenleiter Siebenlist blieb das nicht verborgen. Margarethe führte oft mit Michael Fox Debatten, wahre Werbungsgespräche, zumindest versuchte sie es, ihn vor der Bahn des Bösen zu retten. Sie wollte ihn von den Ideen der Braunen überzeugen. Was ihr jedoch total mißlang.

Es mißlang ihr mindestens ebenso, eine graziöse Tänzerin zu werden. Sie besuchte zwar einen Tanzkurs, doch dort nannte man sie nur »Walzergretchen, der Naziknaller«.

Bis zu diesem Abend im *Silberfische* hatten sie sich gänzlich aus den Augen verloren. Nach dem Abitur hatte Fox begonnen, Physik zu studieren, und plötzlich tauchte nun diese Margarethe Siebenlist wieder auf. Sie hatte sich als Studentin zwar einigermaßen gemausert, doch er machte sich nach wie vor weniger als gar nichts aus ihr.

Dann ging der Abend zu Ende. Zum Schluß wurde das gemeinsame Lied angestimmt:

»Die Liebe, die Liebe, ist eine Himmelsmacht.
Der Adolf, der Adolf hat uns das Heil gebracht.«

Und dann im Männerchor:

»Wir wollen mit dicken Eiern nicht nach Hause gehen,
Wir finden das auch wirklich gar nicht wunderschön.«

Am nächsten Morgen fand der feierliche Schlußakt in der Aula der Universität statt. Erwartungsvoll saßen die Absolventen in der ersten Reihe, Krawatte, bester Anzug. Nacheinander erhielten sie ihr Examenszeugnis und die Promotionsurkunden. Nun durften sie sich Herr Doktor nennen.

Kaum waren das Horst-Wessel-Lied und das Deutschlandlied verklungen, sagte sein Professor zu Michael Fox: »Mit dieser Note, mit Ihrem *summa cum*, haben Sie die besten Aussichten, Doktor Fox. Die Einkäufer der Industrie-Labors werden Schlange stehen.«

»Ich gehe zum Kaiser-Wilhelm-Institut für Physik nach Berlin, Herr Professor!«

»Toller Posten, wie kommen Sie denn an den?«

»Durch die Fürsprache des Professors H.«

»Kennen Sie den?« fragte der Dozent, erstaunt über den weltberühmten Namen.

»Ich sage Onkel zu ihm, Herr Professor.«

»Na ja, dann ... Vitamin B, Beziehungen. Aber ich habe Ihnen ja schon immer gesagt, ein Kopf wie Ihrer wächst nicht auf jedem Kohlrübenacker.«

Der Abend klang aus wie eine Symphonie von Beethoven. Es gab eine Riesenfete in einer Fabrikantenvilla an der Elbchaussee. Ein Prachtbau mit Rauchsalon, Billardzimmer, Bibliothek und englischer Bar.

»Schätze vierzig Zimmer«, flüsterte ein Kollege Dr. Fox zu.

»Klar, und zehn Lokusse.«

Der Sohn des Hauses hatte auch das Examen geschafft. Allerdings als Vorletzter. Die Eltern waren vorsichtshalber verreist. Trotzdem war für kalte Platten und Getränke ausreichend gesorgt. Die Musik kam vom Zehn-Platten-Wechsler. Die vier Lautsprecher hatten einen Extra-Blaupunkt-Verstärker. An Jazz- und Swingplatten wurde abgedudelt, was verboten war. Duke Ellington, Ella Fitzgerald und immer wieder Teddy Stauffers »Goody-goody«.

Gewöhnlich bewegte sich in dieser Luxus-Umgebung von Marmor, Teppichen, Skulpturen und Ölgemälden feines Volk in Frack und Abendkleid beim Candlelight-Dinner. Heute bewegten andere ihre Körper in dem Rhythmus, den sie für moderne Tanzerei hielten und von Fred Astaire abgeguckt hatten. Es wurde geswingt und gehottet. Man sprach den Tartarbrötchen zu und dem rosa gefärbten Lachskaviar. Konsumiert wurden Unmengen. Erst Wein, dann Sekt, dann Brandy, Curaçao, Apricot, Cognacs. Die Damen zogen Eierlikör und Kakao mit Nuß vor. Diejenigen Kommilitonen, die irgendwie auf Französisch studierten, bevorzugten Rotwein, einen Beaujolais, der aus dem Faß gezapft wurde.

Solche Feten sprachen sich wie ein Lauffeuer herum. Zu den vielen Gästen gesellten sich auch nicht Eingeladene, mitunter auch Damen aus der zweiten Kategorie – dem liegenden Gewerbe – mit einem Duft nach Sardellen.

Zu seinem Entsetzen sichtete Dr. Fox unter den Damen auch Margarethe Siebenlist. Sie trug ausnahmsweise nichts Uniformmäßiges, doch der bunte Fummel stand ihr auch nicht sonderlich. Sie trank zu viel und zu schnell, als gelte es, alles mitzunehmen, bloß nichts auszulassen. Natürlich hatte sie Michael gesehen und versuchte immer wieder, sich an ihn heranzumachen. Einige Male entging er ihr, aber schließlich war sie so betrunken, daß sie ihm in den Arm fiel. Genaugenommen wäre sie gegen den Barockkamin geknallt und hätte sich eine blutige Nase geholt, wenn er sie nicht aufgefangen hätte. Leider erfüllte sie das mit grenzenloser Dankbarkeit.

Du mußt sie irgendwie loswerden, dachte Dr. Fox und schaute sich um, wo er sie absetzen könnte. Sämtliche Sofas und Sessel waren belegt, also bugsierte er sie hinauf in ein Schlafzimmer. Dort kippte er sie auf dem Bett ab. Mit einem Mal war sie putzmunter. Nie hätte er diesem Mädchen eine solche Geschwindigkeit zugetraut. Kleid über den Kopf, Höschen runter. Plötzlich stand sie ohne Fummel, ohne irgend etwas am Körper vor ihm. Immer hatte er sich bemüht, sie nicht anzusehen, diesmal konnte er einfach nicht weggucken. Trotz seiner hohen zwanziger Jahre hatte er noch nie eine nackte Frau gesehen. Immer hatte er sich damit getröstet, daß er dafür eine Menge Literatur kenne, aber irgendwie zählte das in diesem Augenblick nicht mehr. Doch so wie dieses deutsche BDM-Mädel hatte er sich eine Frau eigentlich nicht vorgestellt. Es war zu komisch. O Gott, sah so ein Weib aus? Ein Riesenbusen zum Fürchten, Schenkel wie Kneifzangen, Kürbishintern, Behaarung wie ein Schimpansenweib. Auch noch gekräuselt. Hatten diese Siebenlists noch nie von einem Rasierapparat gehört? Die kämmten sich noch mit dem Laubrechen. Dann warf sich dieses nordische Ungetüm auch noch mit Schrei und Schmackes auf ihn. Es platschte richtiggehend wie eine Bauchlandung vom Sprungbrett.

Er konnte wenig bis gar nichts dagegen machen. Er hatte genug damit zu tun, daß er unter dieser Masse von Sinnlichkeit und Kraft nicht erstickte. Juristisch nannte man das wohl Vergewaltigung. Herr, dachte er, laß Morgen werden!

Als Junge hatte er immer Schneewittchen heiraten wollen.

Antreten zum Blut rühren

Am 2. April 1940 war Generalprobe. In der Reichskanzlei zu Berlin versammelten sich die Generalstäbler von Heer, Luftwaffe und Marine. Die Spannung knisterte merklich, denn alle wußten, daß eine schwerwiegende Entscheidung bevorstand. Pünktlich um 21 Uhr erschienen der Oberbefehlshaber und kurz nach ihm Admiral Canaris, der Chef des Geheimdienstes. Seiner roten Aktenmappe entnahm er ein Schreiben. Wegen der Kurzsichtigkeit des Oberbefehlshabers war der Text in Großbuchstaben ausgeführt.

»Lesen Sie vor und kommentieren Sie, Admiral«, befahl der Oberbefehlshaber.

»Vor zwei Stunden kam eine Ju-88 von Fernaufklärung zurück. Die Fotos wurden sofort ausgewertet. Die Truppen der Engländer sammeln sich im Firth of Clyde. Die Einheiten, auch Artillerie und Fahrzeuge, werden auf Transporter und Kreuzer verladen. Für die Fahrt nach Stavanger brauchen sie etwa zwölf Stunden. Alle deutschen Häfen sollen heute nacht mit Seeminen versperrt werden!«

Bedächtige Stille.

Der Oberbefehlshaber jedoch schien diese Meldung mit Genugtuung entgegenzunehmen und bemerkte nur: »Ich hoffe, Herr Churchill hat gut gefrühstückt.«

Canaris erlaubte sich, eine weitere Information preiszugeben: »Einem Reporter der *Times* gegenüber soll Churchill geäußert haben, der Führer des großdeutschen Reiches, Herr Hitler, habe den Autobus verpaßt.«

Das wollte sich in Berlin niemand nachsagen lassen.

Der 9. April wurde als Tag für die Landung in Norwegen festgelegt. Der Oberbefehlshaber diskutierte die Pläne durch, billigte oder ließ richtigstellen.

Ab und zu kam ein Diener herein und brachte Tabletts mit belegten Brötchen. Der Marinechef, Admiral Raeder, schlug vor, daß sich die Transportschiffe als britische Schiffe vergleichbaren Typs ausgeben sollten.

»Die Soldaten müssen sich selbstverständlich unter Deck aufhalten.«

Gebirgsjägerdivisionen sollten die erste Welle bilden, die 3. Division, die 69. und die 169. Infanteriedivisionen sollten als Verstärkung folgen. Die Wettervorhersage lautete günstig.

Bei aufkommendem Nebel, noch in der Dunkelheit, liefen die Schiffe planmäßig aus den Nordseehäfen. Im Lauf des Tages kam jedoch Sturm auf, die See wurde rauh, die Infanteristen und Gebirgsjäger kotzten wie die Reiher.

Einer der seegewohnten Bootsmaate sagte zu einem Heeresfeldwebel: »Kotz dich aus, solang' du was drin hast, Kamerad, nur wenn der braune Ring kommt, dann schluck ihn runter, das ist dein Arsch, den brauchst du noch.«

Geschützt wurden die deutschen Transporter von Schnellbooten, Zerstörern und U-Booten, die sie an Backbord, also zum Atlantik hin, auf ihrem Nordkurs begleiteten. Es kam zu Kämpfen und Zwischenfällen, aber die Operation verlief planmäßig. Der neue Blitzkrieg ließ den Engländern keine Zeit für einen Gegenschlag. Kaum hatten die deutschen Schiffe in den norwegischen Häfen festgemacht, fügte sich die norwegische Regierung dem Druck der Tatsachen. Ihre Truppen zogen sich in Richtung Polarkreis zurück. Es gab keine Abwehr. Einen Tag später waren sämtliche Häfen in deutscher Hand. Nur um Narvik wurde noch gekämpft. Natürlich hatte es Verluste an Frachtern, Kreuzern und Zerstörern gegeben, aber man konnte behaupten, mit Ausnahme der Kämpfe ganz im Norden sei der Feldzug siegreich beendet worden.

Das Unterseeboot *U-Z* hatte den Befehl, die auf Dampfern untergebrachte deutsche Streitmacht gegen Angriffe der Engländer zu schützen. Bis zur Stunde war *U-Z* unter seinem Kommandanten Kapitänleutnant Münster jedoch kein Gegner vor die Torpedorohre gekommen. Der Befehl lautete, die deutsche Invasionsflotte bis südlich der Lofoten zu begleiten und nahe 60 Grad Nord die Rückfahrt anzutreten.

Der Obersteuermann meldete auf die Brücke: »Zweiundsechzig Grad Nord ist erreicht.«

»Frage Kurs«, kam es von der Brücke.

»Null fünfunddreißig Grad, Herr Kaleu.«

»Auf Gegenkurs gehen.«

Das Boot drehte in der rauhen See, bis die Meldung des Rudergängers heraufkam.

»Zwohundertzehn Grad liegen an.«

Kapitänleutnant Münster, stark übermüdet, hatte zwei Tage auf der Brücke verbracht. Nun übergab er das Kommando seinem I WO und wollte sich für ein paar Stunden zur Ruhe legen.

»Bei Kontakt sofort wahrschauen«, befahl er.

Das Boot arbeitete schwer. Bis zum Abend rührte sich nichts. Doch um Mitternacht wurde der Kommandant geweckt. Als er auf die Brücke kam, meldete der I WO Position, Kurs und Geschwindigkeit und deutete nach schräg Backbord voraus.

»Eine Positionslampe. Bewegt sich kaum, ziemlich tiefliegendes Fahrzeug.«

»Möglicherweise Küstentanker«, vermutete Münster, »vielleicht hat er Maschinenschaden.«

Bevor der Nebel noch dichter wurde, entschied der Kommandant: »Fordern Sie Erkennungssignal.«

U-Z gab mit der Blinklampe das Erkennungssignal hinüber. Mehrmals. Doch das Schiff im Nebel reagierte nicht. Ein Torpedo war dem Kommandanten zu schade, also versuchte er den Überwasserangriff.

»Geschützmannschaft an Deck ... Sprenggranaten mannen«, fügte der I WO hinzu.

Die Crew der 7,5 cm-Kanone polterte nach oben, die Waffe wurde schußklar gemacht, der I WO als Feuer-Leitoffizier gab die Werte.

»Entfernung neunhundert ... ein Schuß! ... Feuer frei.«

Die Granate rummste hinaus, Einschlag war im Nebel kaum zu erkennen, also wurden noch drei Sprenggranaten nachgefeuert, dann die Entfernung um fünfzig Meter vor-, später um hundert zurückverlegt. Bei dem Fahrzeug mit der Positionslaterne rührte sich nichts. Doch endlich, beim zwölften oder dreizehnten Schuß, ein Volltreffer.

»Der saß!«

Es gab eine Explosion, als hätte man auf einen Benzintank geschossen, eine Stichflamme, gelb-rot, blowte hoch, brach aber schnell in sich zusammen. Mit langsamer Fahrt näherte sich *U-Z* der Stelle, wo der Gegner gelegen haben mußte, konnte dort aber keinerlei Wrackteile erkennen. Sie suchten die Wasseroberfläche mit Scheinwerfern ab – nichts. Unten im Funkraum diktierte der Kommandant die Meldung.

»Haben gegnerisches Fahrzeug versenkt, zwölf Schuß Sprenggranaten, vermutlich Küstentankschiff. Gezeichnet Münster.«

Am nächsten Morgen traf auf *U-Z*, das sich mittlerweile der Südspitze Norwegens näherte, die Bestätigung des Funkspruchs ein.

»Gratuliere«, beantwortete der U-Boot-Befehlshaber Nord die Meldung, »Sie haben die Ansteuerungstonne von Stavanger versenkt. Erwarten Tatbericht. Gez. Larsen, Konteradmiral.«

»Scheiße«, sagte der Kommandant von *U-Z* zu seinem I WO. »Unser Dampfer hat wirklich das Glück gepachtet.«

Daß der Krieg im Westen mehrmals verschoben wurde, hatte zwei Gründe: einmal wegen des schlechten Wetters und dann, weil durch den Absturz eines Kurierflugzeugs alle Operationspläne in die Hände des Gegners gefallen waren. Man hätte den ganzen Aufmarsch ändern müssen, nahm aber an, daß der Gegner, überschlau, den Verlust der geheimen Pläne für Absicht hielt und ebenfalls seine Abwehr umstrukturierte. Noch um einen Drücker schlauer, behielt das OKW also die alten Pläne bei. Der Angriff im Westen kam wie ein Schlag aus heiterem Himmel.

Fallschirmjäger sprangen über Rotterdam ab. Sie nahmen Belgien, den Albert-Kanal, die schweren Forts. Besonders zeichnete sich dabei ein SS-Sturmführer namens Skorzeny aus. Er landete auf dem Betondach der Festung Eben-Emael und rollte sie von oben nach unten auf.

Die Gegner schlugen sich tapfer, doch schon am 12. Mai stand Guderian mit seinen Panzern vor Sedan. Die Luftwaffe bombte, die Infanterie besetzte. Es kam zu schweren Kämpfen an der Maas, aber die französischen Panzerdivisionen waren mit ihrem alten Gerät einfach unterlegen.

Am 14. Mai brach die 9. französische Armee völlig demoralisiert zusammen. Der Marsch ging auf Paris zu, die Hauptstadt wurde beinahe kampflos genommen. Die Regierung bat um Waffenstillstand. Zu dem Vertrag kam es im Wald von Compiègne in dem Eisenbahnwaggon, in dem 1918 der Waffenstillstand abgeschlossen worden war.

Die Schlachtschiffe *Scharnhorst* und *Gneisenau* kehrten vom Handelskrieg im Atlantik zurück. Im März 1941 erschienen die beiden großen Schiffe vor dem französischen Atlantikhafen Brest. Es war kurz nach Beginn der Morgendämmerung. Die beiden Kolosse hatten eine erfolgreiche Operation hinter sich. In zwei Monaten hatten sie zwanzig Schiffe versenkt mit mehr als hunderttausend Tonnen. Die grauen Riesen machten am Quai Lannion fest. Sie sollten überholt und alle ihre Schäden behoben werden. Man nahm dazu keine französischen Hafenarbeiter, denn die waren mürrisch und dachten an Sabotage. Man holte Fachleute aus den deutschen Werften. Die *Scharnhorst* hatte Kesselschäden, die Rohre der Überhitzer waren durchgebrannt. Man schätzte die Überholungszeit auf drei Monate.

In den nächsten Wochen herrschte typisches »Ärmelkanal-Wetter« mit tiefhängenden Wolken und endlosem Regen. Unterbrochen wurden die Tage durch häufigen Fliegeralarm. Kaum heulten die Sirenen, schon krachten die Einschläge. Die Flak feuerte aus allen Rohren, doch die britischen Maschinen flogen zu hoch. Die Deutschen holten kaum jemals eine herunter. Das alles war äußerst deprimierend.

Der Vizeadmiral Otto Ciliax war sich der Gefahr völlig bewußt.

»Wir müssen Tag und Nacht mit Angriffen rechnen, und einmal werden sie auch Erfolg haben«, fürchtete er.

Zwar lagen die Schiffe gut verankert und durch eine Krümmung der Mole verdeckt, trotzdem befahl der Kommandant der *Scharnhorst* seinen Männern: »Da drüben liegt der alte französische Kreuzer *Jeanne d'Arc.* Aus seinem Rumpf machen wir mit Holz, Blech und Segeltuch ein Ebenbild der *Scharnhorst.*«

Der Köder wurde zurechtgebastelt, die *Scharnhorst* tarnte man mit farbigen Netzen, die von den Mastspitzen weit außenbords hingen. Außerdem wurde bei Anflugmeldungen der Hafen vernebelt. Dies unter dem Protest der Luftwaffe, die ihre Jägereinsätze durch den Nebel gefährdet sah.

Obwohl die Schiffe unter solchen Umständen als unangreifbar galten, wurde der größte Teil der Besatzungen jeden Abend mit Lastwagen zu ihren Unterkünften gefahren. Immer wieder griffen britische Bomber im Tiefflug an. Allerdings war es ihnen unmöglich, die Maschinen rasch genug wieder hochzuziehen. Einige mußten unweigerlich an den Anhöhen um den Hafen zerschellen. Aber einer schien besser geübt zu haben. Er riskierte es. Ein gewisser Captain Kenneth Campbell drückte seine Beaufort bis auf Deckhöhe hinab. Er hüpfte über die Mole, durch den Feuervorhang der Flak. Aus kürzester Distanz warf er seinen Torpedo gegen die *Gneisenau*. Zwar stürzte seine Maschine brennend ins Meer, aber er hatte sein Ziel erreicht. Der Torpedo explodierte an Steuerbord achtern. Durch das Leck brachen auf der *Gneisenau* solche Mengen von Wasser ein, daß sie sich zur Seite legte. Sie konnte aber rechtzeitig ausgepumpt werden.

Dem Marinekommando war klar, daß diesem Angriff noch weitere folgen würden. Deshalb beschloß man Schutzmaßnahmen, auch andere Großkampfschiffe betreffend, einzuleiten.

Bis zur endgültigen Fertigstellung hatte die *Bismarck* in Gotenhafen gelegen. Die Besatzung kam an Bord, sie wurde, wie auf Dickschiffen üblich, gedrillt. Die *Bismarck* wurde eingefahren und in Dienst gestellt. Ihre technische Ausrüstung bewährte sich auf Anhieb. Sie hatte drei Turbinensätze, drei Schrauben, zwölf Kessel. Die Turbinen stammten von AEG Siemens, die Kessel von BBC Brown Bovery. Die Maschinenleistung betrug 150 000 PS, die Höchstgeschwindigkeit 30,1 Knoten.

Damit war die *Bismarck* schneller als jedes Kriegsschiff dieser Klasse. Sie konnte achttausendsiebenhundert Tonnen Heizöl mitnehmen, was für einen Aktionsradius von zehntausend Seemeilen reichte. Als Neuerung verfügte die *Bismarck* über modernste AEG-Telefunken-Stationen für Sendung, Empfang und Entfernungsmessung. Ferner hatte sie als Neuerung eine Vertikal-Panzerung. Im Gürtel 220 mm, über den Bunkern 140 mm. Das Oberdeck war der Länge nach fast komplett gepanzert, der Selbstschutz war also hervorragend.

Zur Fernaufklärung hatte sie Flugzeuge an Bord und eine Besatzung von 1200 Mann. Völlig ausgerüstet, kampfbereit und munitioniert, stellte die *Bismarck* für die deutsche Marine einen unermeßlichen Wert dar. Deshalb wurden weitgehende Beschlüsse gefaßt.

Admiral Raeder wandte sich vertrauensvoll an seinen I A:

»Dem Angriff in Brest werden noch weitere folgen. Deshalb müssen wir *Scharnhorst* und *Gneisenau* aus Brest wegbringen.«

»Das würde einen Durchbruch durch den Ärmelkanal bedeuten, Herr Admiral.«

»Bereiten Sie Pläne dafür vor!«

Bei Nacht und Nebel wurde auch die *Bismarck* verlegt. Man versteckte sie erst nahe dem norwegischen Hafen Bergen. Schließlich brachte man sie in den Kors-Fjord, so hatte sie doch so etwas ähnliches wie einen Hafen im Gebirge gefunden. Die Fjord-Einfahrt wurde durch Torpedonetze gesichert. Man versenkte Minensperren – Magnetminen und Geräuschminen – und stellte ein riesiges Aufgebot von Flak-Artillerie bereit.

Obwohl die Seekriegsleitung wußte, daß von seiten der Norweger und auch der britischen Geheimagenten jede Bewegung ihres Bilderbuch-Schlachtschiffes beobachtet wurde, lief die *Bismarck* bei Dunkelheit immer wieder zu heimlichen Unternehmungen aus. Vorwiegend unter Ausnutzung schlechten Wetters, konnte die *Bismarck* einige Male aus ihrem Versteck ausbrechen und schnelle nächtliche Einsatzfahrten bis Island durchführen.

Uran: der Ofen, der nicht brennt

Berlin, Anhalter Bahnhof. Auf Gleis 4 stand der Nachtschnellzug nach Stuttgart. Zwei Herren mit Aktentaschen suchten anhand der Billetts ihr gemeinsames Schlafwagenabteil. Der eine mochte etwa fünfzig Jahre alt sein und war eher klein. Der Jüngere überragte ihn um Kopfeslänge. Gekleidet waren sie nicht wie Geschäftsreisende oder Beamte, sondern eher wie Wissenschaftler in höheren Positionen. Sie trugen Hosen aus hellem Trenkercord, grob baumwollene offene Hemden und über den Pullovern Windjacken. Der Schaffner wies ihnen ihr Double-Abteil an.

»Sie nehmen sicher das obere Bett, Dr. Fox«, sagte der Professor, »erstens turne ich nicht gerne herum, zweitens könnte ich herausfallen, wenn der Zug bremst.«

»Und Ihr Kopf ist eine Menge mehr wert, Herr Professor, als meiner.«

Das mochte zutreffend sein oder auch nicht. Der Professor hatte immerhin die wichtigste aller internationalen Auszeichnungen für seine Arbeiten auf dem Gebiet der Quantenmechanik erhalten. Die Jahre seiner besten Ideen als Physiker hatte er allerdings hinter sich und arbeitete jetzt nur noch stur auf das Endziel los. Sein Assistent Dr. Fox hingegen galt als einer der begabtesten jungen Forscher, die jemals in den Labors des Kaiser-Wilhelm-Instituts tätig gewesen waren. Wie es aussah, hatte von seinem Genie die Welt noch einiges zu erwarten.

Obwohl über mehrere Ecken verwandt, der junge Mann war der Neffe des Professors, Sohn irgendeiner Kusine einer Kusine, blieben sie offiziell beim Sie, Herr Professor, Herr Dr. Fox.

Kaum hatten sie sich in ihrem Schlafwagenabteil eingerichtet, ging ein Ruck durch den Zug. Die Schnellzuglokomotive, die den Nachtexpreß nach Süddeutschland zu ziehen hatte, war angekuppelt worden. Der Professor rief den Schlafwagenschaffner und bestellte eine Flasche Jahrgangssekt. »Und zwei Gläser, bitte.« An seinen Assistenten gewandt, sagte er: »Nicht, daß ich jedesmal, wenn ich verreise, gleich mit Schampus anfange.«

Der junge Wissenschaftler kannte den besonderen Anlaß. Der Professor beging heute seinen fünfzigsten Geburtstag. Um den Feierlichkeiten zu entgehen, hatte er diese dringende Reise vorgeschoben.

Dr. Fox hob die Aktentasche des Professors ins Gepäcknetz. Sie wog schwer, und Dr. Fox sagte: »Pflegen Sie immer mit Ziegelsteinen zu reisen, Herr Professor?«

»Nur diesmal.«

Der Professor ließ sich die Aktentasche wieder reichen, öffnete sie und griff hinein. Er entnahm der Tasche eine Art Ziegelstein, zumindest so eckig geformt, aber in dunklem Schwarzbraun, in normales Zeitungspapier gewickelt wie ein Brathering. Die Oberfläche glitzerte. »Das ist ein Uranbaustein«, erklärte er, »nehmen Sie ihn mal in die Hand, Fox.«

»Ist ja mindestens dreimal so schwer«, schätzte der Assi.

»Wie Blei!«

Der Professor lächelte. »Kommt ja auch von weit her. Die letzte Lieferung aus Belgisch-Kongo. Aber da geht ja nichts mehr raus. Embargo! Der Urangehalt dort ist zwar höher, aber jetzt kriegen wir unsere Uranziegel aus den Gruben im Schwarzwald und Oberschlesien. Die erste große Ladung ist heute nacht unterwegs.«

»Uran 235«, vermutete der Assistent.

»Meine überaus geschätzte Kollegin in Stockholm meint zwar, wir kämen so nicht weiter!« Rasch ließ er das Uran verschwinden, denn der Schlafwagenkellner klopfte und brachte den Sekt im Eiskühler. Hinter ihm verriegelte der Professor die Tür. »Wir müssen etwas leiser sprechen.«

Dr. Fox öffnete die Flasche, goß die Gläser halb voll, dann setzte sich der Nachtschnellzug langsam in Bewegung. Sie tranken, wünschten sich gegenseitig alles Gute, und Dr. Fox setzte dort das Gespräch wieder an, wo sie stehengeblieben waren: »Die Frau Professor will jetzt ja das Zyklotron bauen. Neuerdings.«

»Nachdem sie sich lange dagegen gewehrt hat«, äußerte der Professor bedauernd. »Doch der Teilchenbeschleuniger ist der richtige Weg. Ich würde auch gerne einen haben. Aber die Reichswissenschaftskammer genehmigt uns die halbe Million nicht.«

»Können wir uns nicht selbst einen bauen wie Hahn damals seine Vorrichtung zur Kernspaltung?«

»Die hatte auf einem Küchentisch Platz. Ein Zyklotron unterscheidet sich davon wie ein altrömischer Streitwagen gegen den Kompressormercedes von Caracciola.« Das Thema Zyklotron war noch nicht beendet, aber der Professor wechselte das Thema. »Was glauben Sie, wie die Amerikaner vorgehen werden?«

»Dort neigt man zu Uran 238.«

»Das kann man so rein noch nicht herstellen. So rein ist es ja beinahe waffenfähig!«

»In Chicago, glaube ich, will Fermi den ersten Meiler errichten.«

Ein wenig müde winkte der Professor ab. »Wir sind denen noch immer um zehn Jahre voraus, aber wenn die Amerikaner erst richtig loslegen, dann gnade uns Gott. Was haben Sie sonst noch aus Ihrem Freund herausgeholt, wie heißt er doch?«

»Mark Owens«, antwortete Dr. Fox. »Wir haben gemeinsam ein Semester in Tübingen studiert.«

»Wo hat Owens promoviert?«

»In Yale, glaube ich, Herr Professor.«

»Er ist Physiker wie Sie. Die geheime Staatspolizei sieht den Umgang, den Sie mit Owens pflegen, nicht gern!«

Dr. Fox lächelte. »Wir befruchten uns gegenseitig.«

»Sie meinen, Sie spionieren sich gegenseitig aus.«

»Dr. Owens ist Attaché in der Abteilung für Wirtschaft an der amerikanischen Botschaft.«

»Die setzen doch nicht einen Physiker auf diesen Stuhl«, zweifelte der Professor.

»Wir befinden uns mit Amerika nicht im Krieg«, wandte Dr. Fox ein.

»Was nicht ist ...« Der Professor sprach nicht weiter.

Der Zug nahm, nachdem er das weiträumige Gelände des Anhalter Bahnhofs hinter sich gelassen hatte, Tempo auf.

»Fährt jetzt mindestens hundert«, schätzte Dr. Fox.

»Wenn es mit unseren Forschungsarbeiten nur auch so schnell ginge.« So, als hätten sie das Thema nicht unterbrochen, fuhr er fort: »Amerika wird unseren Vorsprung niemals einholen können. Was auch daraus wird, wir werden weitermachen. In den Atomen stekken unerhörte Energien. Mit einem Stecknadelkopf Materie kann man Schiffe wie die *Bremen* von Hamburg nach New York fahren lassen und zurück. Das entspricht dem Äquivalent von einigen tausend Tonnen Kohle.«

Mit seinen Fähigkeiten, logisch zu denken, stellte Dr. Fox eine Frage, die der Professor zwangsläufig beantworten mußte: »Und das wollen Sie nun in der Praxis ausprobieren, Herr Professor?«

Zunächst einmal erklärte der Professor das Verfahren, nach dem die Uranerde aus dem Schwarzwald und aus Schlesien gefördert und gereinigt wurde. »Um eine meßbare Reaktion herbeizuführen, eine Erwärmung durch Strahlung, brauchen wir mehrere Tonnen davon. Die schaffen wir nach Württemberg. Doch davon dürfen Sie Ihrem Freund Owens nichts erzählen.« Dazu äußerte der Professor weitere Bedenken. »Wir werden doch alle überwacht. Dabei ist man auf Ihren Umgang mit dem Amerikaner gestoßen. Ich habe das zu erklären versucht, denn ich muß die Gestapo-Leute bei Laune halten. Ich brauche ja immer mal wieder ein Ausreisevisum, so unter anderem für meinen nächsten Vortrag in Oslo. Und jetzt schütten wir uns den Rest Champus rein und hauen uns dann ein Stündchen auf die Ohrläppchen.«

Der Nachtschnellzug erreichte in den frühen Morgenstunden Stuttgart. Dort wartete eine schwere Maybach-Limousine mit Fahrer auf die beiden Wissenschaftler. Sie nahmen hinten bequem Platz, schlossen die Trennscheibe, und der Professor sagte: »Ungeduscht fühle ich mich morgens etwas schwiemelig. Aber die sechzig Kilometer werden wir noch hinter uns bringen.«

»Wo liegt Ihr Geheimversteck, Herr Professor?«

»In Haigerloch, ungefähr zwei Autostunden nach Süden Richtung Singen. Das ist ein ziemlich verlassenes Nest mit einem Klosterberg. Auf das Kloster kommt es uns nicht an, sondern auf den Kellerraum im Felsen darunter. Er ist groß genug zum Fußballspielen, aber auch für ein Labor, hat Wasser- und Stromanschluß. Dahin werden wir jetzt wohl des öfteren fahren. Suchen Sie sich schon mal ein hübsches Quartier, mein Junge, am besten eines mit Bratkartoffelverhältnis zum Anfassen. Wir werden in Haigerloch eine Menge Zeit verbringen.«

Sie kamen gegen Mittag an. Der dreiachsige Faun-Lastwagen aus Schlesien wurde eben abgeladen. Der Professor ordnete an, daß die Uranziegel im Kreis zu einem runden Mäuerchen aufgeschichtet wurden, Durchmesser etwa vier Meter.

Wieder in Berlin, traf sich Dr. Fox nicht nur mit Freunden aus seiner Hamburger Studienzeit, sondern auch mit Freunden von Freunden aus Münster. Es war ein Sprengel der verbotenen Kommunistischen Partei. Ihre geheimen Treffs suchte er erst nach langen Spaziergängen auf, wenn er sich nicht verfolgt fühlte. Und mindestens einmal in der Woche trank er mit Dr. Mark Owens im Café Kranzler am Kranzlereck einen Kaffee. Sie horchten sich ein bißchen aus und hofften, es so zu tun, daß der andere nichts davon merkte.

Doch einmal sagte Dr. Owens ganz offen: »Erzähl mir alles, was du über eure Kernforschung weißt, Mike, auch über Haigerloch, wo du dich immer herumtreibst. Dann hast du bei uns mehr als einen Stein im Brett. Vielleicht kannst du das mal brauchen, so wie die politische Lage aussieht.«

Sie verabredeten sich für das Wochenende am Wannsee zum Segeln, wo Dr. Owens' Star-Boot lag. Es war nicht sein eigenes, es gehörte der amerikanischen Botschaft, aber er hatte es zur freien Verfügung.

Der Binnenländer Michael Fox hatte im Gegensatz zu Mark Owens, der an der Küste Neuenglands aufgewachsen war, wenig mit der See zu tun gehabt. Abgesehen von ein bißchen Rudern am Emskanal, einem Gewässer nahe Münster. In einem Schnellkurs wies ihn Dr. Owens ein.

»Du bist ein intelligenter Mensch, Michael, links ist Backbord, rechts ist Steuerbord, vorn ist der Bug, hinten das Heck. Das Stück Holz, das in der Mitte zehn Meter senkrecht hinaufragt, ist der Hauptmast. Er wird gehalten von Verstrebungen, die man Wanten nennt. Was hier vom Mast horizontal nach hinten absteht, das etwas dünnere runde Holz, ist der Großbaum, das untere Ende des Großsegels. Das dreieckige Segel vorne heißt Fock. Die Leinen, mit denen man das Segel bewegt, sind die Schoten. Was da oben an der Mastspitze herumflattert, zeigt dir die Windrichtung an. Versuche immer, den Wind von hinten zu kriegen. Man kann aber auch dagegen ankreuzen. Je besser das Boot, desto besser kannst du gegen den Wind vorankommen. Die ganze Segelei fußt sowieso nur auf der Frage: Wie erreicht man mit dem Wind, der gerade bläst, das Ziel? Gehst du mit dem Bug durch den Wind, heißt das: wenden. Mit dem Heck durch den Wind nennt man das Manöver halsen. Beim Halsen ruft einer ›Ree‹. Dann schwingt der Baum herum und knallt dir mitunter gegen den Schädel.«

Es war ein wunderschöner Tag auf dem Wasser, nicht zu warm, nicht zu kalt, mit gutem Wind. Bis zum Nachmittag hatte Dr. Fox die Grundbegriffe gelernt, wie man mit einem Boot umging.

Aus einer gewissen Ahnung heraus sagte er auf der Heimfahrt in Owens' Buick-Cabriolet: »Das müssen wir öfter mal machen, Mark.«

»Noch zwei Lektionen, und du bist perfekt, Junge.«

Wenige Tage später, Fox saß auf dem Balkon seiner kleinen Wohnung mit einer Flasche Rotwein, da läutete das Telefon. Er traute seinen Ohren nicht: Dem Tonfall nach war die Anruferin eine Dame, an die er sich nur ungern erinnerte: Margarethe Siebenlist.

Sie ging nicht auf den Abend in Hamburg ein, als er ihr Lotterbett klammheimlich verlassen hatte. Sie sagte kurz und bündig: »In alter Freundschaft, Michael, ich rate dir, unterlaß' die heimlichen Treffs mit deinem amerikanischen Freund und anderen.«

Er wurde sofort ärgerlich. »Verdammt«, fluchte er, »die einen sagen, ich soll mich aus wissenschaftlichen Gründen mit Owens treffen, um ihn auszuhorchen, die anderen verbieten es mir.«

»Du stehst unter Bewachung, und ich meine auch deine Freunde von der anderen Gewerkschaft, diese roten Typen.« Er wollte etwas erwidern, doch sie war schneller. »Nimm das bitte nicht als Scherz oder als unerlaubte Einmischung«, betonte Gretchen noch und hatte schon wieder aufgelegt.

Wie es aussah, hatte die Dame bei irgendeiner Nazi-Organisation Karriere gemacht. Er wußte nicht, wie er diesen Anruf auffassen sollte. Wollte sie ihm nur sagen, ich bin noch da? War es Fairness, oder verfolgte sie irgendeinen anderen Zweck damit?

Die Freundschaft mit Dr. Mark Owens beendete der deutsche Forscher jedenfalls nicht. Im Gegenteil. Sie trafen sich oft am Wochenende. Inzwischen hatte sich Dr. Fox für den Segelsport angeblich hellauf begeistert und machte enorme Fortschritte. Der Grund für seine Verbissenheit war jedoch ein anderer. Den behielt er für sich. Er plante für die Zukunft, mußte versuchen, sich irgend etwas aufzubauen, das ihm notfalls aus seiner Bedrouille heraushalf.

Die Forschungen in Württemberg gaben zu keinerlei Hoffnungen Anlaß. Die Experten konnten weder eine Erwärmung noch irgendeine Zunahme von Strahlung feststellen.

Von seiner letzten Reise nach Württemberg zurück, erlebte Dr. Fox eine weitere Überraschung. Nicht nur, daß aus dem deutschen Uranmeiler wohl nichts Vernünftiges werden würde, entdeckte er in seiner Wohnung Hinweise auf eine Durchsuchung. Es waren winzige Spuren, wie Professionelle sie absichtlich hinterließen als eine Art Warnung. In einer Vorahnung hatte Dr. Fox unter dem Teppich in der Diele eine Trittfalle eingebaut. Das ziehharmonikaförmig zusammengefaltete Papier war zusammengetreten. Er ordnete die Tatsache der Durchsuchung richtig ein. Man war ihm also dicht auf der Haut, auch wenn die Herren nichts Verdächtiges gefunden haben konnten. Trotzdem nahm er eine Woche Urlaub und fuhr nach Bremen. In Vegesack an der Weser gab es eine Yachtschule. Dort machte er einen Viertagelehrgang für Hochseesegeln. Er lernte das Lesen von Seekarten und auch etwas Navigationstheorie und fraß sich durch die Segelhandbücher. Außerdem schaute er sich nach einem fahrbaren Untersatz um. In der Nähe gab es eine kleine Werft, wo man noch Boote aus Holz klinkerte. Er erwarb einen gebrauchten Kajütkreuzer, den man hier Holland-Kutter nannte. Den rüstete er kurz entschlossen mit Dauerwurst, haltbarem, doppelt gebackenem Brot, Obstkonserven, Fleischbüchsen und Mineralwasserflaschen aus. Zurück in Berlin, verhielt er sich eine Woche lang völlig unauffällig und fuhr am nächsten Freitagabend wieder Richtung Bremen.

Die Nächte dauerten jetzt lang. Noch vor Sonnenuntergang segelte er hinaus in die Deutsche Bucht. Weserabwärts passierte er Nordenham und Bremerhaven, steuerte dann Kurs Nordwest zuerst Richtung Mellum, einer Sandbank, Minener Oog und Wangerooge. Weiter draußen, halbwegs auf Helgoland zu, wollte er dem Kurs der früheren Englandfähre folgen, doch so weit kam er nicht. Irgendwo am Rande der Hoheitsgewässer geriet er auf Schlick, wo sich das Boot festsaugte und trotz kräftigem Wind keinen Meter mehr weiterkam. Mit dem Bootshaken maß er die Tiefe, kaum zwei Meter. Er war schlicht und einfach aufgelaufen, und zwar deshalb, weil er sich mit den Gezeiten verrechnet hatte. Es sah aus, als herrsche noch Hochwasser, in Wirklichkeit lief das Wasser zur Ebbe ab und hielt sich nur noch in den Prielen. An der Fahrwassermarkierung hätte er das erkennen müssen. Aber da saß er nun auf dem Präsentierteller für die nächsten sechs Stunden fest. Beim nächsten Hochwasser kam er vielleicht wieder frei. Die in der Fahrrinne einlaufenden Fischer grinsten sich eins und winkten ihm zu. Er ging unter Deck, warf sich auf die Koje und ließ sein Kofferradio dudeln. Immerhin war der Empfang hier auf See ziemlich störungsfrei. Evelyn Künneke sang vom Küssen im Dunklen.

Es mochte um Mitternacht herum sein, da weckte ihn ein Motorengeräusch. Etwas bumste gegen seinen Kutter. Dann leuchtete ein greller Lichtstrahl direkt in seine Augen. Er sah zwei Männer. Sie trugen Uniform, Blau mit Gold, also Marine- oder Küstenwache. Sein Boot begann schon, sich zu bewegen, die Flut lief also endlich auf. Er wäre jetzt wohl allein bis ins Fahrwasser gekommen, doch gegen seinen Protest schleppten sie ihn zurück nach Bremen. Sie behaupteten, er habe beim Hafenkapitän sein Auslaufen nicht deklariert.

In Bremerhaven war die Sache aber noch nicht ausgestanden. Er mußte mit bis zur Polizeihauptwache. Dort wurde herumtelefoniert. Später kamen Männer in den schwarzen SS-Uniformen. Sie behaupteten, er habe versucht, deutsches Hoheitsgebiet unerlaubt zu verlassen. Das begründeten sie mit den Vorräten, die er an Bord hatte, den Devisen, die er im Brustbeutel mit sich führte, hauptsächlich Dollars, und dem Paß. Sie behielten ihn in Einzelhaft, bis seine Identität geprüft war. Den ganzen Tag über wurde mit Berlin telefoniert. Weil aber Sonntag war, dauerten die Ermittlungen ihre Zeit. So hatte er Gelegenheit, sich eine Geschichte auszudenken, war sich aber klar darüber, daß für ihn, dezent ausgedrückt, die Kacke am Dampfen war. Er galt als Geheimnisträger höchster Stufe, hatte nicht gerade den Leumund eines überzeugten Parteigenossen und pflegte Umgang mit Kommunisten und Ausländern. So machten sie es kurz und schmerzlos.

»Sie haben versucht, das Reichsgebiet zu verlassen«, warf ihm einer der SS-Männer vor.

»Wohin?«

»Ausland.«

»Was sollte ich dort?« begehrte er auf.

»Dem Gegner wissenschaftliche Erkenntnisse verkaufen«, entgegneten sie.

Er verlangte einen Anwalt, zumindest hoffte er, daß ihn der Direktor des Kaiser-Wilhelm-Instituts heraushauen würde. Aber erst ließen sie ihn drei Tage schmoren in einer kalten, feuchten Zelle bei wässrigem Tee und Kommißbrot. An Schlafen war nicht zu denken. Immer wieder weckten ihn Schritte auf dem Gang des Gefängnisses. Durch die Mauern drangen Verhörgespräche, auch Schreie und das Stöhnen der gefolterten Gefangenen. Dr. Michael Fox rechnete mit dem Schlimmsten. Immerhin hatte er ein schlechtes Gewissen und gegen gültige Gesetze verstoßen.

Am Morgen, hinter den Gittern zeigte sich ein trüber Tag ohne Sonne, schwang die Zellentür auf. Wieder einmal passierte etwas, womit er nicht gerechnet hatte: Die Frau, die er gewiß nicht über alles liebte, Margarethe Siebenlist, stand da, die Fäuste in die Hüfte gestemmt wie ein Feldwebel, hinter ihr zwei bewaffnete Gefängnisaufseher. Sie trug schwarze SS-Uniform mit den Rangabzeichen, die seines Wissens denen eines Hauptmanns im Heer entsprachen.

Sie winkte die Bewacher hinaus. Erst als die Tür geschlossen war, sagte sie in einem kalten Ton, einer Mischung aus Mitleid und Abscheu: »Das ist das letzte Mal, daß ich dir helfen kann, Michael Fox. In deinem Fall sind alle guten Dinge nur zwei. Ich hole dich hier raus, auch wenn ich mir selbst dabei schade. Ich werde einfach behaupten, du stündest unter meiner persönlichen Beobachtung. Also reiß mich bitte nicht mit hinein in deinen persönlichen Untergang. Noch so ein Ding, und ich werde nur noch sagen können, du seist von allen guten Geistern verlassen, good bye. Mach nur so weiter, und bald hat es einen Michael Fox gegeben. Ich hoffe nur, wir sehen uns nie wieder in einer solchen Lage«, fügte sie noch hinzu.

Sollte das heißen, daß sie ihn in einer anderen Lage gerne wiedersehen würde? Was dann geschah, ließ ihn jedoch stark zweifeln.

Sie sagte nämlich: »Also niemals wieder, und Heil Hitler, Doktor Fox.«

Auf der Rückfahrt im Schnellzug nach Berlin brauchte er erst einmal einen doppelten Kognak. Er wußte, daß er einen groben Fehler gemacht hatte. Das nächste Mal durfte ihm das nicht wieder passieren.

U-Z geht in See

Das große graue Monster zog weiter seine Spur. Das kleine ebenso. In den ersten Kriegsmonaten hatte man *U-Z* wieder aktiviert. Schlecht und recht hatte es einen Einsatz im Norwegen-Feldzug mitgemacht, mit neuer Besatzung und unter Kapitänleutnant Münster. Der Fluch schien endlich von dem Boot genommen. Trotzdem hatten alle ein schlechtes Gefühl, als das Boot frisch ausgerüstet in See ging. Sie wußten nicht, ob sie je zurückkehren würden, ob sie die neue Unternehmung überlebten. Die meisten hatten ein unangenehmes Gefühl im Bauch, das so viel ausdrückte wie: Wahrscheinlich siehst du die Heimat nie wieder.

Das Unterseeboot vom Typ VII-C mit der internen Nummer *U-Z* hatte nur wenige tausend Meilen hinter sich, man konnte es beinahe noch neu, zumindest sehr gut erhalten nennen. Diesmal hatte es den Auftrag, die Bewegungen britischer Nachschubfrachter nordwestlich Schottland zu beobachten.

Mit seinen Offizieren erörterte Kapitänleutnant Münster genau den Einsatz. »Wie es heißt, ergreifen die Engländer jetzt Maßnahmen gegen die hohen Versenkungsziffern. Man plant, alle Einzelfahrer zu Konvois zu bündeln und so besser zu schützen. Ob es schon soweit ist, sollen wir nach Möglichkeit erkunden. Das heißt, wir legen uns auf die Dampferrouten nach USA und patrouillieren dort auf und ab.« Ironisch wandte sich Münster direkt an seinen Dritten Wachoffizier. »Haben Sie das mitgekriegt, Oberfähnrich Wunder, oder denken Sie immerzu an Ihre Trompete?«

Wunder, der an Bord nicht sonderlich beliebt war, reagierte lieber mit Schweigen.

In den ersten Augusttagen des Jahres 1940 lief mit *U-Z* noch alles klar, doch was dann kam, wog von Mal zu Mal schwerer. Wie immer unternahmen sie an der Zweihundertmeterlinie in der Deutschen Bucht mehrere Tauchversuche. Bis auf fünfzig Meter Tiefe verlief alles glatt. Dann ertönte ein Knacken, als bräche Stahl. Es hörte sich an, als rausche Wasser ins Boot.

Der LI und seine Leckmannschaft konnten nichts finden, doch er riet dem Kommandanten: »Ich kann die Verantwortung nicht übernehmen, Herr Kaleu, wir müssen zurück in die Werft.«

Blohm & Voss in Hamburg nahm das Boot ins Dock. Eine Erklärung für das Knacken und den Wassereinbruch wurde nicht gefunden. Man fand lediglich geringe Beschädigungen an den Dichtungen des Turmluks und ein Loch in einer der Trimmzellen, nicht stärker als ein Kinderfinger.

Mitte August ging es wieder in See. Alle an Bord hofften, diesmal würde es besser klappen, doch es klappte abermals nicht. Das mörderische Spantenknacken war noch immer da. Auf hundert Meter Tiefe riß außerdem die Leitung zum Dieselzuluftmast ein. Achtundvierzig Stunden später war *U-Z* wieder in der Werft. Mehrere Tage hektische Fehlersuche und Reparatur folgten, danach wollte man sie gleich wieder losschicken. Doch der Kommandant bestand darauf, daß die wichtigsten Schweißnähte überprüft wurden.

»Es ist kein angenehmes Gefühl, wenn man auf Tiefe hübsch langsam zusammengedrückt wird«, meinte er.

Die Schweißnähte wurden geröntgt. Bei einigen stellte man Lufteinschlüsse fest, ein Beweis von nachlässiger Arbeit. Also wurde nachgeschweißt. Ende August lief *U-Z* wieder aus. Am nächsten Morgen feixten die Werftarbeiter, denn *U-Z* lag schon wieder an der Pier. Diesmal ging es um ein schadhaftes Tiefenruderlager.

Der Kommandant von *U-Z* wandte sich an seinen I WO: »Allmählich wird den britischen Aufklärern bestimmt unser ewiges Raus und Rein auffallen.«

Kaum wieder auf See, versagte das Funkgerät.

»Man sollte den Eimer verschrotten«, äußerte der Kommandant verzweifelt.

Allmählich flatterten allen die Nerven. *U-Z* bekam eine völlig neue Funkanlage. Im September lief das Boot erneut aus. Jeder Mann an Bord fragte sich, was diesmal wieder passieren würde. Unerwarteterweise blieb alles in Ordnung. Sie erreichten sogar ihr Einsatzgebiet. Doch beim Alarmtauchen vor einem britischen Zerstörer fiel die Hauptlenzpumpe aus, ein lebenswichtiges Organ für ein U-Boot. Auf Tiefe gab es ohne Lenzpumpe keine Sicherheit hochzukommen. Die Pumpe ließ sich nicht reparieren. Für den schweren Elektromotor gab es keinen Ersatz an Bord.

Auf dem Weg zurück durch die Deutsche Bucht stand der Kommandant auf der Brücke. Das Boot näherte sich der Elbmündung, passierte die Minensperren. Kapitänleutnant Münster hoffte, daß man ihm für die rätselhafte Häufigkeit der Defekte keinen Vorwurf machen würde und daß er richtig gehandelt hatte. Dieses Boot war eben nicht mit normalen Maßstäben zu messen.

In der Ferne hoben sich die Umrisse von Cuxhaven aus dem Dunst. Regen kam auf, zog in Schleiern vorbei. Die Stimmung war bei Null, der Lotse kam an Bord.

Tage später entschied der Werftingenieur, daß *U-Z* wieder seeklar sei. Aber es war ein Freitag, und es war der 13. Deshalb wurde das Auslaufen auf Montag verschoben. Die Besatzung hatte Landurlaub und sich in den Kneipen von St. Pauli einen angetrunken.

In den nächsten Wochen schien alles glatt zu laufen. *U-Z* beobachtete das Verhalten der britischen Frachtereinheiten, wie sie sich zu Konvoiverbänden sammelten, und funkte seine Berichte an den BdU.

Kurz vor Wachwechsel meldete der Horchraum: »Sie haben uns gefunden, Herr Kaleu.«

Eine Menge Schraubengeräusche von Zerstörern. Es war ein größerer Verband, der den Konvoi übernehmen sollte. Münster ließ auf achtzig Meter gehen. Doch man hatte sie bereits entdeckt. Die ersten Wasserbomben fielen, dann ganze Teppiche davon.

Die Zerstörer fuhren immer wieder an. Einer war besonders hartnäckig. Münster versuchte, ihn mit Haken und Kurven auszutricksen. Er wechselte die Tiefe, ging bis auf hundertfünfzig Meter. Der Zerstörer war einfach nicht abzuschütteln. Er kam wieder und wieder und warf seine Wasserbombenteppiche. Münster fühlte sich fast ohnmächtig gegen diesen Gegner. Er trug schwer an der Verantwortung für das Boot und seine Männer. Außerdem war er mit den Nerven am Ende und schlich in sein Schapp. Er richtete an den I WO einen letzten Befehl: »Auf maximale Tiefe gehen ... Gegenkurs ... Schleichfahrt, so lange der Batteriestrom reicht ... absolute Ruhe im Boot.«

Münster verschwand hinter dem Vorhang seines kleinen Kommandantenraums. Plötzlich fielen keine Wasserbomben mehr, dafür ertönte ein einzelner Schuß wie aus einer Pistole.

Oberfähnrich Wunder, der Dritte Wachoffizier, schaute nach der Ursache.

Als er in die Kommandantenkammer trat und nicht gleich wieder herauskam, rief der Obersteuermann: »Was ist los?«

Der junge Offizier schien nicht zu begreifen, was geschehen war. Der Obersteuermann trat hinter ihn. Voll Entsetzen blickten sie sich an.

Tonlos äußerte Wunder: »Der Kommandant hat sich erschossen!«

Münster war tot. Den Lauf der Null-Acht hatte er noch zwischen den Zähnen. Alle wußten: Er hatte es einfach nicht durchgestanden.

»Sie können ihm am Grab das Lied vom guten Kameraden blasen«, sagte der I WO zu Wunder.

Er war nicht mein guter Kamerad, dachte der Oberfähnrich.

Doch jetzt gab es nur noch eines: Sie mußten zusehen, daß sie irgendwie herauskamen aus der Zerstörerfalle.

Die Flucht

Gewöhnlich trug der Obergruppenführer seine schwarze SS-Uniform, die mit reichlich Silber verziert war. Dann gab es Tage, an denen er sich selbst nicht mehr im Spiegel sehen mochte. In diesem Fall zog er einen mausgrauen Zweireiher vor. Natürlich vom besten Berliner Schneider genäht, aus tschechischem Edeltuch. Doch auch dieser Anzug verlieh ihm keinerlei Eleganz. Ein Mann mit kurzem, dickem Hals, mit Bauchansatz und ohne Taille war nie ein Adonis.

Obergruppenführer Sauerbrunner paßte an diesem frühen Morgen um 10.30 Uhr sehr gut zu seiner Besucherin. Auch Margarethe Siebenlist war keine Schönheit, die auf die Titelseite der Berliner Illustrierten oder auf einen Laufsteg gepaßt hätte. Mit Dragonerschritt stürmte sie in das riesige Büro mit den Abmessungen des Rittersaals auf Walhalla.

Daß sie neugierig war, was der Chef plötzlich von ihr wollte, war ihr anzusehen. Selten war das Gewissen einer Frau blütenrein, und das von Margarethe Siebenlist erst recht nicht. Ohne Umschweife begann Sauerbrunner. Im Grunde erwartete sein Gegenüber stets, daß aus den platten Gesichtszügen, die einem Zitterrochen ähnelten, eine Stimme erscholl wie Gewitterfunken. Sein Tonfall war jedoch eher marmeladig, was nicht zu seiner Stellung paßte. Man durfte sich jedoch nicht täuschen lassen. Seinem harmlosen Organ fügte er stets ein schnarrendes, künstlich erzeugtes Geräusch hinzu: »Was mir auf den Nägeln brennt, Siebenlist, sind die Probleme mit dieser Atomforscher-Bande. Sie wissen, wen ich meine. Den Professor Eisenberg oder wie er heißt, die Dame aus Schweden und diesen Doktor Fox. Was diese Leute in ihrem Klosterkeller in Haigerloch treiben, ist mir immer noch chinesistisch!« Kurze Pause, um die Hände vor den Sakkoknopf zu legen. »... und nicht nur das. Ich möchte endlich wissen, wozu sie Millionen Reichsmark verpulvern.« Wenn Sauerbrunner das Kinn anlegte, bildete sich ein Fettwulst. Das bedeutete dann bei ihm so viel wie: ich höre.

SS-Offizier Siebenlist steuerte bei, was sie wußte: »Die Herrschaften bauen angeblich einen Uranmeiler, das heißt, sie schichten im Kreis Uranziegel auf und warten auf eine Erwärmung durch Kettenreaktion wie Kinder an Weihnachten auf den Nikolaus.«

»Ja, und nun?« drängte Sauerbrunner, »wird etwas warm oder nicht?«

»Bis jetzt nur äußerst minimal, Herr Obergruppenführer.«

»Und das hat bis heute zwanzig Millionen Reichsmark verschlungen?«

Wie das Gespräch im weiteren Verlauf ergab, schrieben die Forscher vom Kaiser-Wilhelm-Institut fleißig ihre Berichte an das Verteidigungsministerium. Aber diese sahen wohl so aus, daß es ihnen half, die Forschungsarbeiten ungestört weiter zu betreiben ohne Rücksicht auf Kosten und Nutzen.

Sauerbrunner schimpfte los: »Das sind doch alles Pazifisten! Die wollen gar nicht, daß ihre Bombe jemals fertig wird. Spione sind das, Verräter, Kriegsverbrecher, Saboteure! An unsrem Endsieg ist ihnen überhaupt nicht gelegen. Wissen Sie, was man dem Führer bei der letzten Unterredung erklärt hat?«

Die Siebenlist antwortete: »Daß eine mögliche Waffe nicht vor sechs Jahren fertig sein wird und daß das ganze so viel Kapital verschlingt wie ein Viertel unserer derzeitigen Rüstung!«

Jetzt erhob sich Sauerbrunner erstmals zu voller Größe von einsfünfundsechzig, atmete tief ein, wobei er es fertigbrachte, den Bauch noch etwas kugelrunder herauszustrecken. Seine Stimme nahm endlich Schärfe an. »Sie sind doch selbst eine akademisch gebildete Person, Sturmführer Siebenlist. Man will den Führer zweifellos nur hinhalten. Dieses Waffenprojekt würde unschätzbar wichtige Kräfte aus der Rüstungsindustrie abziehen, wo wir bald jeden Me-109-Jäger, jede Kanone, jede Handgranate, jede Patrone dringend brauchen werden. Was mich betrifft, so werde ich dem Führer raten, das Projekt, diesen ganzen Atomunsinn einzustellen. Alle Zeichen stehen dafür, daß er auch so entscheiden wird, wenn ...«, er seufzte, »... ja, wenn klare Entscheidungshilfen vorliegen.«

Margarethe Siebenlist ahnte, worauf die Unterredung hinauslief und worin ihre Aufgabe bestand. Trotzdem fragte sie, denn der Chef schätzte es, einer gewissen Hilflosigkeit seiner Leute gegenüber Überlegenheit zu zeigen.

Am hohen Fenster, mit Blick auf den Landwehrkanal, steckte er sich eine Zigarette an, blies den Rauch aus und trat in den Raum zurück. Der Rauch war angenehm würzig, duftete ein wenig nach Feigen und Rum. Selbstverständlich beschränkte sich ein Mann wie Sauerbrunner nicht auf R6, Juno oder Ernte, sondern verfügte über britische Beutezigaretten vom Typ Navy-Cut.

Fast blies er Siebenlist den Rauch ins Gesicht, als er ihr eröffnete: »Sie kennen diesen jungen Atomforscher-Spund Dr. Fox seit Ihrer Jugend. Wir wissen, daß er mit den Kommunisten sympathisiert – und mit den Amerikanern«, ergänzte er. »Sie haben ihm schon einmal aus der Patsche geholfen, nun müssen wir versuchen, ihn in eine Totalfalle zu locken, aus der Sie ihn angeblich nur mit Not und Mühe herauspauken. Von da bis zur Erzeugung von Schuldgefühlen in ihm ist es ein kurzer Weg. Er muß treu und anhänglich werden wie ein kleiner Hund. Nützen Sie das aus. Bauen Sie weiter an dem Vertrauensverhältnis zu ihm, versuchen Sie, ihn abhängig zu machen, bohren Sie ihn an. Irgendwann wird er gesprächig werden, um sich zu erleichtern. Es ist nicht anzunehmen, daß er Sie belügen wird. So könnte ich vielleicht in der Reichskanzlei endlich mit konkreten Tatsachen antreten. Wenn Sie Erfolg haben, wird das Ihr Schaden nicht sein, Sturmführer Siebenlist. Haben Sie mich verstanden? Wissen Sie, was ich meine?«

Um das Gesagte zu unterstreichen, schlug er mit der Faust auf den Tisch. Es war nicht sonderlich kraftvoll, aber doch immerhin so, daß das Führerbild im Silberrahmen wackelte.

Margarethe Siebenlist war zwar keine Schönheit, war aber nicht auch noch dumm. In erster Linie ging es hier wohl um die Karriere Sauerbrunners, der gern eines Tages an die Stelle von Reichsführer SS Himmler gerückt wäre.

»Ich versuche, was ich kann«, versprach sie.

»Versuchen Sie es nicht nur, tun Sie es«, forderte er.

Damit fand die Audienz für diesen Tag ihr Ende. Margarethe Siebenlist war froh, daß es nicht um Dinge ging, die niemand wissen konnte außer ihr.

Sauerbrunner übergab ihr noch ein Kärtchen. »Das ist meine private Telefonnummer. Sie können mich Tag und Nacht erreichen, Frau Obersturmführer!«

Margarethe Siebenlist beschloß zu tun, was man von ihr forderte. Für sich selbst aber beschloß sie, noch mehr zu tun, nämlich noch mehr auf der Hut zu sein als vorher.

Berlin – Trelleborg – London – New York

Diesmal wollte Dr. Fox Nägel mit Köpfen machen. Trotzdem setzte er alles auf eine Karte, denn er fühlte sich pausenlos verfolgt und beobachtet. Um so mehr wunderte er sich, daß er zur Geheimkonferenz des Instituts gebeten wurde. Es ging um die allerneuesten Erkenntnisse bei dem Uranmeiler in Haigerloch und daß es einfach nicht weiterging. Die Meßgeräte stellten kaum Strahlung fest. Jeder der Anwesenden durfte seine Meinung äußern. Dr. Fox schlug vor, um den Uranmeiler herum einen Tank zu bauen, den man mit schwerem Wasser füllte.

»Prima Idee«, sagte der Professor, »das würde den Isotopenaustausch beschleunigen. Aber woher diese Mengen schweres Wasser nehmen? Man bräuchte dazu einige zehntausend Liter.«

»Von der Fabrik in Norwegen.«

»Die beginnt gerade erst mit der Produktion.«

Dann ging es um die Finanzierung des Projekts und die Zeit, die es dauern würde, um definitiv eine nukleare Bombe zu bauen. Das Gremium trennte sich ohne besondere Ergebnisse.

Draußen nahm der Professor Dr. Fox zur Seite und raunte ihm zu: »Nehmen Sie sich in acht, mein Junge. Es geht um Ihren Kopf. Sie wissen schon, wir würden Sie ungern verlieren.«

Dr. Fox fuhr nach Hause, überlegte sich die nächsten Schritte und versuchte, Margarethe Siebenlist über das Gestapo-Hauptquartier, wo sie offensichtlich auch eine große Nummer war, zu erreichen. Doch in der Telefonzentrale erklärte man ihm, es gäbe keine Gestapo-Kommissarin dieses Namens. Die SS-Leute benützten, in der Zusammenarbeit mit der Gestapo, so vermutete er, Decknamen. Verdeckt vom Vorhang, stand er an seinem Wohnzimmerfenster und schaute hinunter zur Straße. Dort stand wieder die schwarze 170-V Mercedes-Limousine mit seinen Beschattern. Trotzdem verließ er das Haus.

Ohne daß sie es merkten, gelang es ihm, die nächste Telefonzelle zu erreichen. Schließlich konnten sie nicht alle Apparate der Reichshauptstadt anzapfen. Von dem Münzfernsprecher aus rief er seinen Studienfreund, den Amerikaner Dr. Mark Owens, in der amerikanischen Botschaft an.

»Es ist soweit, Mark«, sagte er.

Jetzt wußte der Amerikaner Bescheid. Fox sparte sich weitere Worte. Gewiß wurde auch das Telefon der Botschaft abgehört.

Dann hatten ihn die Gestapo-Leute gefunden. Nun galt es, sie abzuhängen. Er kannte sich in Berlin nicht sonderlich aus, die Bauernburschen von der Gestapo aber wohl auch nicht. Dennoch hatte er sein Wohnviertel Moabit für besondere Zwecke erkundet. Erst nahm er die U-Bahn zur Friedrichstraße, dann ein Taxi nach Dahlem. Dort stieg er in die S-Bahn. Sein Ziel führte ihn zurück zum Anhalter Bahnhof. Da er das Gefühl hatte, noch immer beobachtet zu werden, verschwand er in einem großen Gebäude, von dem er annahm, es gäbe Hinterhäuser und Innenhöfe. Die hatten meist einen besonderen Ausgang.

Im halbdunklen Torbogen stand ein Damenfahrrad. Es war nicht abgesperrt. Fox schwang sich hinauf und trat panikartig los. Schon auf dem Weg zum Bahnhof hatte er seine Verfolger abgeschüttelt. Rasch löste er eine Fahrkarte nach Frankfurt, bestieg aber den Bäderzug an die Ostsee nach Stralsund.

Bei der Kontrolle reklamierte der Zugschaffner die falsche Fahrkarte.

Fox redete sich hinaus. »Da muß ein Irrtum vorliegen. Eigentlich will ich nach Rügen.«

Der Schaffner schrieb den Fahrschein um. Sogar das überbezahlte Geld gab er heraus.

In Stralsund nahm Fox die Bummelbahn nach Sassnitz auf Rügen. Dort fing für ihn allerdings das Problem an. Er suchte den Segelhafen. Doch alles, auch der Zugang zur Fähre, war militärisch bewacht: Grenzgebiet. In einem kleinen Dorf, auf Kap Arkona zu, gelang es ihm, ein brauchbares Segelboot zu mieten. Für zwei Tage, wie er log.

»Solange das Wetter jetzt im Herbst so schön ist«, äußerte er.

Der Vermieter legte ihm noch ans Herz, die Hoheitsgewässer nicht zu verlassen. »Außerhalb der Dreimeilenzone wird der Küstenschutz unangenehm«, betonte er. Damit hatte er den Finger in die Wunde gelegt.

Der Fischer forderte eine hohe Kaution, tausend Mark, doch damit hatte Fox gerechnet.

Zunächst kam er bei rauhem Wind gut voran.

Wider Erwarten änderte sich in der Nacht das Wetter. Es fing an, stark aus Nordwest zu wehen. Regenböen peitschten Fox ins Gesicht. Bei diesem Seegang kam er mit dem alten Boot kaum zurecht. Auch kannte er sich mit dem Vorsegel nicht recht aus. Das Boot arbeitete schwer in den Kreuzseen. Das Wetter hatte aber auch seine Vorteile. Zoll- und Wachboote, die am Rande der Hoheitsgewässer lauerten, mußten ihren Ausguck einschränken und würden das kleine Boot so vielleicht nicht sichten. Außerdem war es rasch dunkel geworden, und Fox fuhr ohne Positionslampen. Der Wind nahm Sturmstärke an. Fox versuchte, das Segel zu reffen. Beim Verkürzen des Großsegels ging er beinahe über Bord. Voll Gottvertrauen segelte er jedoch einfach weiter, nach dem winzigen Kompaß, immer stur nach Norden. Auf der Karte hatte die Distanz von Rügen bis Trelleborg so ausgesehen, als ob das Unternehmen glücken könnte. Er schätzte, daß er mit vier bis fünf Knoten vorankam. Seine Überfahrt in der Dunkelheit bei aufgewühlter See ohne Küstenbefeuerung würde also etwa fünfzehn Stunden dauern.

Jeden Moment gewärtig, daß man ihn entdeckte und er von einem Scheinwerfer erfaßt würde, kam er sich verdammt einsam vor. Er versuchte, sich abzulenken, dachte an die Jahre zurück, als er daheim in seinem behüteten Elternhaus noch warm und sicher lebte. Einfach war seine Jugend jedoch nicht gewesen. Immer hieß es, Fox ist ein Einzelgänger. Das lag auch daran, daß er ein jähzorniger Raufbold war und keine Schlägerei ausließ. Er prügelte sich mit jedem, der ihm zu nahe kam. Deshalb mochte ihn keiner. In seiner Schule, am Gymnasium in Münster, wurde er häufig wegen der Raufereien bestraft. Außerdem galt er als vorlaut und widerspenstig. Daß man ihn nicht von der Schule verwies, war nur seinen Leistungen zuzuschreiben. Er glänzte in fast jedem Fach mit der Note eins. Anfangs hatte man ihn auch noch bei der Hitlerjugend umworben, doch dann legte man keinen Wert mehr auf ihn. Wegen ständiger Renitenz und ewiger Debatten wurde er ausgeschlossen.

Der einzige Freund, den er noch hatte, war ein Arbeiterjunge. Dieser bewunderte und verehrte den mathematischen Wunderknaben Michael Fox, der obendrein aus guter Familie stammte. Sein Vater war immerhin Anwalt und Notar. Durch diesen Freund bekam Fox Verbindung zu einer Gruppe von Männern, in der Gesinnung und Kameradschaft mehr galten als das Bekenntnis zum Nationalsozialismus. Die Gruppe gab sich keinen Namen. Sie durfte sich auch nicht organisieren, denn die Kommunistische Partei war im Dritten Reich verboten. Alle Verdächtigen wurden von der Gestapo überwacht.

Fox galt dann an der Universität als analytisches Talent. Seine hohe Begabung für abstrakte Probleme und deren Lösung wurde allgemein anerkannt. Als Student gewann er einen Ruf wie Donnerhall, sein Weg ans Kaiser-Wilhelm-Institut war praktisch vorgezeichnet. So kam er zu den Arbeiten an dem Uranmeiler, der als eines der größten Staatsgeheimnisse galt. Aus dem Streit der Wissenschaftler, wie mit dem Meiler verfahren werden sollte, hielt er sich weitgehend heraus, äußerte nur gelegentlich seine Meinung. Selten wurde ihr jedoch widersprochen, denn die war stets fundiert.

Nun auf Nordkurs packte ihn der Sturm vierkant. Er wehte, was um diese Jahreszeit selten vorkam, aus Nordwest. Bis auf die Haut durchnäßt, dachte Fox trotz seiner unendlichen Müdigkeit nicht an Schlaf.

Plötzlich, von einer Sekunde zur anderen, wurde es taghell. Das Licht kam nicht etwa von den Blitzen eines Gewitters, sondern der weiße Strahl eines Scheinwerfers hatte ihn erfaßt. Er duckte sich sofort weg, als sei niemand an Bord, das Boot eine Art Fliegender Holländer.

Das U-Boot war von Danzig gekommen und befand sich auf dem Weg in die Kieler Bucht. In der Schichau-Werft hatte es ein neues Horchgerät erhalten. Hier, in dem neutralen Seegebiet zwischen Deutschland und Schweden, wo nicht mit feindlichen Operationen zu rechnen war, gingen nur drei Mann Wache. Der Kommandant, Kapitänleutnant Henke, sein II WO Leutnant Wunder und ein Maat, der den achterlichen Sektor beobachtete. *U-Z* lief mit halber Dieseldrehzahl, einer Geschwindigkeit von neun Knoten, Kurs 265°. Hier ging es eigentlich nur darum, nicht mit der Schwedenfähre Sassnitz–Trelleborg oder Küstenfischern zu kollidieren.

Der Funkmeister unten im Horchraum meldete keine Geräusche. Trotzdem erkannte der achterne Ausguck einen Schatten.

»Objekt in neun Uhr, vermutlich Segler.«

Ohne Kursänderung kamen sie ihm näher, bis sie ihn ziemlich genau ausmachen konnten.

»Der läuft Nordwest auf Trelleborg zu«, stellte der Kommandant fest.

»Und führt eine Registrierung von Rügen«, ergänzte Leutnant Wunder.

»Der haut ab!«

Der junge Kommandant Henke – er war nach dem letzten Zwischenfall mit einer völlig neuen Besatzung an Bord gekommen – wußte nicht recht, wie er sich verhalten sollte. »Was machen wir mit dem? Stoppen oder was?«

»Lohnt sich nicht, Herr Kaleu.«

»Was ist denn bisher üblicherweise auf *U-Z* in so einem Fall gemacht worden?«

»Nichts, Herr Kaleu«, antwortete der II WO Wunder. »Immer wenn *U-Z* über den Rahmen seiner Befehle hinaus aktiv wurde, ging alles prinzipiell in die Hose.«

Diese Antwort schien dem Kommandanten Henke, obwohl er wenig von seinem II WO hielt, zu gefallen. »Wir laufen von der Kieler Bucht durch den Kaiser-Wilhelm-Kanal in die Nordsee und zwischen Dover und Calais hindurch zu den französischen Atlantikhäfen. Das ist unser Einsatzbefehl. In Lorient steigen Sie ja aus, Wunder.«

»Ja, der letzte alte *U-Z*-Mann verläßt das Boot. Die letzte Unglücksratte.«

»Sie sollen auf *U-136* kommen, das einer unserer erfolgreichsten Kommandanten führt. Die bringen Ihnen schon das Nötige bei.«

Oder nicht, dachte Wunder, wo keine Liebe ist …

»Ich glaube, Lützow ist sein Name«, sagte Henke, in dessen Gesicht immer etwas zuckte von den Ohren bis zu den Wangenknochen, »dort wird man einen echten U-Boot-Mann aus Ihnen machen, Wunder!«

»Gewiß«, antwortete dieser zögernd.

»Wie, zum Teufel«, sagte Henke kopfschüttelnd, »kommen Sie überhaupt in diesen feinen Verein, genannt Kriegsmarine, Wunder?«

»Nicht freiwillig, sondern durch Zufall.«

»Und zu unserem Sonderhaufen, den U-Booten?«

»Ich habe irgendwie in das Schema gepaßt. Klein, faul, versoffen.«

»Ihr Hobby ist das U-Boot nicht.«

»Eigentlich nur meine Trompete, Herr Kaleu.«

Wenn er nun schon eine Pflaume wie diesen Wunder an Bord hatte, wollte der Kommandant von *U-Z* auf jeden Fall etwas unternehmen. »Scheinwerfer auf die Brücke«, befahl er.

Der Signalgast stemmte das Teil nach oben. Bald darauf erfaßte der milchigweiße Strahl den Segelkutter. Mit den Gläsern schauten sie hinüber – niemand an Bord. »Wir werden später einen Funkspruch abgeben«, entschied der Kommandant. »Und jetzt, Leutnant Wunder, holen Sie Ihre Trompete und blasen Sie mal einen. Vielleicht wacht er auf.«

Wunder tat es ungern, aber es war ein Befehl. Er fürchtete, seine wunderschön polierte versilberte B-Trompete würde durch einen Salzwasserspritzer verunreinigt werden. Trotzdem setzte er an und blies »Schäfers Nachtlied: Guter Mond, du gehst so stille ...«

Schulterzuckend wegen dieser absolut unpassenden Melodie zog sich der Kommandant ins warme Innere der Bootszentrale zurück.

Nach wenigen Sekunden war das grelle Licht des Scheinwerfers ausgegangen. Noch in der Furcht, man könnte ihn zu stoppen versuchen, blieb Fox in Dekkung der Bordwand, bis dann diese merkwürdigen Trompetentöne, ein wenig von den Windböen zerfetzt, herüberklangen. Das Fahrzeug mit dem Scheinwerfer und dem Trompeter entfernte sich.

Der Sturm meinte es jetzt gut mit Fox und blies ziemlich von achtern. Irgendwann dämmerte es dann im Osten. Regen und Nebel verkürzten die Sicht auf weniger als eine Meile. Nur gut, daß sich voraus der skandinavische Kontinent ausbreitete und das Festland somit eigentlich für Fox nicht zu verfehlen war. Irgendwann, als die Sonne wie ein blasser Punkt im milchigen Nebel zu steigen schien, sah er rechts voraus einen dunklen Strich. Schweden, was sonst!

Er kreuzte an der Küste entlang bis zum Leuchtfeuer von Trelleborg. Mit Mühe fand er die Hafeneinfahrt, die rot-grüne Molenbeleuchtung. Bei einer hölzernen Pier legte er an, machte fest und hatte endlich gewachsenen Boden unter der Füßen. Der Hafenzoll hielt ihn an. Er behauptete, er sei Deutsch-Amerikaner auf der Flucht vor der Gestapo, und bat darum, in die Botschaft gebracht zu werden. In der US-Botschaft nahm ihn der zuständige Attaché sofort ins Verhör.

»Wir haben auf Sie gewartet, Dr. Fox. Ihr Freund Mark Owens hat von Berlin aus gut vorgearbeitet. Sie bekommen hier Interimspapiere von uns und werden in den nächsten Tagen von einem Mosquito-Bomber abgeholt. Wie ich annehme, sind Sie ein äußerst wichtiger Mann.«

Ende des Monats befand sich Dr. Fox bereits in London. Er besaß einen provisorischen Paß und ein Visum für die Einreise in die USA. Vorher hatte allerdings ein entscheidendes Gespräch mit dem Militärattaché der Botschaft stattgefunden. Dessen Inhalt war überraschend kurz gewesen.

Der Amerikaner hatte gesagt: »Wir nehmen an, Sie haben uns etwas Wertvolles mitgebracht.«

Fox wollte nicht sofort alles aus der Hand geben und zunächst möglichst wenig über die neueste deutsche Nuklearforschung erzählen. Aber einiges mußte er den Amerikanern anbieten. »Unser Uranmeiler in Württemberg fängt an, recht brauchbar zu arbeiten«, log er, »und hätte auch zu einem Ergebnis geführt.«

»Die Nuklearbombe also.«

»In der Tat, Sir.«

»Aber warum hätte er ...«

Fox bewegte die Handfläche wie die Italiener, wenn sie im Zweifel waren. »Vorerst kann ich Sie da beruhigen. Hitler und der oberste Wissenschaftsrat wollten wissen, was das kostet. Wir schätzten etwa zehn bis zwanzig Prozent des derzeitigen Rüstungsetats.«

»Das mißfiel Herrn Hitler, wie ich annehme«, bemerkte der Amerikaner süffisant.

»Der Herr Oberbefehlshaber fragte uns: ›Wie lange?‹ ›Mindestens vier Jahre‹, antwortete mein Chef. Daraufhin hat der Führer eine Anordnung erlassen, wonach sämtliche Rüstungsprojekte, die nicht binnen sechsunddreißig Monaten fertiggestellt und frontreif sind, sofort gestoppt werden müssen.«

Das schien dem Amerikaner zu gefallen. »Und Sie garantieren uns das auch?«

»Soweit ich als Flüchtling das kann.«

»Mit Ihren Kenntnissen über Nuklearforschung, Mr.

Fox, werden sich in den USA Wissenschaftler wie Oppenheimer und Fermi befassen. Sie gelten als genialer Kopf. Wir hoffen, daß Sie uns da nicht enttäuschen.«

In den nächsten Tagen erfuhr Fox, wie es weiterging.

Da schwere viermotorige Bomber nur von West nach Ost überführt wurden und man Fox keinem Schiff anvertrauen wollte, wurde er nach Lissabon gebracht, wo ihn der Yankee-Clipper nach New York fliegen sollte. Das viermotorige Boeing-314-Flugboot bediente zweimal pro Woche diese Atlantikstrecke.

Ein kleiner Kasten aus Sandelholz

Es war wie immer im Leben. Der eine hatte nur Schnupfen, der andere schon Lungenentzündung. Diesmal litt Admiral Canaris, der Chef des deutschen Geheimdienstes, an Zahnschmerzen, was bei Obergruppenführer Sauerbrunner quasi eine mentale Kiefereiterung hervorrief. Deshalb versuchte er, Canaris am Telefon fertigzumachen. Doch der Admiral ließ sich nichts gefallen.

»Diesen Anschiß gebe ich Ihnen hiermit zurück, Sauerbrunner. Dr. Fox stand nicht in meiner, sondern in Ihrer Aufsicht.«

»Aber Sie haben ihn entkommen lassen.«

Ganz ruhig erwiderte Canaris: »Der Küstenschutz untersteht mir nicht. Die Bewegungen und Telefonate des Objekts hatten Sie unter Kontrolle.«

So nutzten beide den allgemeinen Kompetenzstreit für sich, doch dann lenkte der weltmännisch-diplomatische Canaris ein. »Dr. Fox war ein Genie wie Einstein. Es ist eine Katastrophe.«

Immerhin war die Meldung von dem Asylbegehren des Forschers in Schweden innerhalb von vierundzwanzig Stunden nach Berlin gelangt. Doch in Schweden konnten die Deutschen nichts mehr gegen Fox unternehmen. Wie Canaris-Agenten weiter aus Stockholm meldeten, hatten die Amerikaner Fox mit einem zweimotorigen Mosquito-Bomber abgeholt. Die Mosquitos flogen so schnell und so hoch, daß keine Messerschmitt sie je erwischt hätte.

»Können wir ihn in London ausschalten?« wollte Sauerbrunner wissen.

Canaris räumte ein, daß er einen guten Mann in London habe, doch Dr. Fox sei bereits auf dem Weg nach Lissabon.

»Portugal ist neutral, dort packen wir ihn um so leichter«, hoffte Sauerbrunner.

»Wenn er nur nicht schon mit dem Atlantic-Clipper unterwegs nach New York wäre.«

Sauerbrunner konnte sich das Wort »Scheiße« nicht verkneifen und wurde wieder aggressiv. »Sie, Canaris, sind unser Herr Auslandsgeheimdienst. Legen Sie diesen Mann flach.«

Damit war guter Rat teuer.

Seinem Tresor entnahm Admiral Canaris einen kleinen Kasten aus Sandelholz. Als es noch legal eingeführte Havanna-Zigarren gegeben hatte, wurden die langen grünen Dinger darin wie in einem Klimagerät aufbewahrt. Jetzt diente er anderen Zwecken. Er war inzwischen lackiert wie Blech, man konnte ihn für eine Keksdose halten, etwa dreißig Zentimeter lang, zwanzig Zentimeter breit und zehn Zentimeter hoch. Er hätte sich auch zur Aufbewahrung von Liebesbriefen geeignet. Da er aber im Haupttresor des Geheimdienstes stand, enthielt er etwas Wertvolleres, so kostbar, wie man es sich kaum vorstellen konnte. Im Grunde waren es nur Papiere, doppelt so groß wie Visitenkarten und aus dünner Pappe. Quer paßten sie genau hinein. Sie unterschieden sich durch Farben und lagen auch in getrennten Fächern. Rot galt für Mitteleuropa, grün für Italien, Balkan und Griechenland, gelb für Spanien-Portugal, blau für England und Amerika.

Dann gab es noch weiße Karten. Diese nahmen eine Sonderstellung ein. Beschriftet waren sie mit der Hand, nicht per Maschine. Aus Geheimhaltungsgründen. Der Kasten gehörte zum bestgehüteten Schatz des Admirals, so als wäre er gefüllt mit Diamanten. Nur der Admiral selbst und sein Stellvertreter Kapitän Oster wußten von der Existenz der Kartei und hatten Zugang. Denn es handelte sich um die Namen aller im In- und Ausland, in den besetzten und in den Feindgebieten tätigen Spezialisten, Spione und Agenten mit Namen, Decknamen und Adressen. Wäre der Inhalt jemals in die Hände des britischen MI-6 gelangt, hätte es keinen deutschen Geheimdienst mehr gegeben, sondern ein Blutbad.

Diese Kartei gingen Canaris und sein Stellvertreter an diesem Vormittag noch einmal durch. Schließlich zogen sie die engere Wahl unter drei Leuten, wobei eigentlich nur ein gewisser Heinrich Köster in Frage kam. Köster, Major und Sonderführer, hielt sich gerade in Paris auf.

»Der Karte entnehme ich, daß der Mann perfekt englisch spricht«, stellte Oster fest.

»Er ist Amerikaner mit deutschen Eltern, hat in Boston Mathematik studiert. Bei Kriegsbeginn blieb er in Europa hängen, wo er seine Braut besuchte. Jetzt steht er uns zur Verfügung.«

»Eignung?« fragte Oster.

»Rundum positiv: zwei plus.«

»Eigentlich brauchen wir einen Alleskönner. Was er

zu erledigen hat, ist eine schwierige Aufgabe, nichts für Halblaien«, wandte Oster ein.

»Hier steht, er sei sportlich mit überdurchschnittlichen Anlagen; intelligent, reaktionsschnell.«

Admiral Canaris, der die Verantwortung trug, sich mit dem entflohenen Wissenschaftler Dr. Fox zu befassen und ihn zu eliminieren, wollte das nicht allein auf seine Kappe nehmen. Er nahm einen Schluck Cognac, überwand sich und rief Sauerbrunner an.

»Obergruppenführer«, begann er, »Sie kennen ja die Hauptforderung des Tages. Wir müssen diesen Dr. Fox kriegen. Ich habe einen geeigneten Jagdhund gefunden, aber er braucht den letzten Schliff, bevor ich ihn nach Amerika schicke und auf Fox loslasse. Sie verfügen doch über einen exzellenten Spezialisten als Ausbilder.«

Sauerbrunner hielt sich taktischerweise bedeckt. »An wen dachten Sie?«

Natürlich wußte er genau, wen Canaris jetzt brauchte. Doch er wollte sich bitten lassen. Dadurch war ihm Canaris einen Dienst schuldig. Canaris wußte dies natürlich auch, aber die Zeit drängte. Also tat er nicht lange herum. »Wie geht es Ihrem Sturmbannführer Otto Skorzeny?«

Nach einer Pause antwortete Sauerbrunner, sich räuspernd: »Es gibt keinen besseren. Wo ist Ihr Agent derzeit?«

»In Paris.«

In einer Mischung aus Spott und Ironie bemerkte Sauerbrunner: »In Paris? Natürlich sind die Herren immer dort, wo das Leben lebenswert ist, wo die feinen Herrschaften zu domizilieren pflegen. Auf keinen Fall im Schützengraben an der Front.«

»Er arbeitet als Verhörexperte für britische Piloten«, wandte Canaris ein.

»Und Skorzeny bildet derzeit am Wendelstein deutsche Gebirgsjäger aus, die wir vielleicht bald im Kaukasus oder im Ural benötigen werden«, entgegnete Sauerbrunner. »Aber in Ordnung, Sie kriegen den Mann. Schicken Sie ein Flugzeug nach München.«

»Zu ewigem Dank verpflichtet«, sagte Canaris.

Aber es klang wenig glaubhaft.

Frühling in Paris, ein lauer Frühsommer. Die Herren trugen unauffälliges Zivil, helle Flanellhosen, dunkle Sakkos, Hemden aus Schweizer Popeline. Sie wollten sich in einem Café im Quartier Latin auf der anderen Seite der Seine treffen. Die Brasserie Corraine an der Place des Ternes lag etwas abseits vom Boulevard St. Michel. Todschicke junge Pariserinnen schlenderten vorbei, meist in bunten Seidenfähnchen und hohen Schuhen mit Blockabsätzen aus Kork, wie sie Mode waren in diesem Jahr.

Die Herren, die sich hier verabredet hatten, kannten sich nicht persönlich. Aber Köster, der Canaris-Mann, hatte schon Fotos von Skorzeny gesehen, auch Wochenschau-Aufnahmen. Er trat an den runden Marmortisch im Freien unter der Markise und stellte sich vor. Der Kellner kam vorbei.

Der Canaris-Mann deutete auf das Glas mit milchiger Flüssigkeit vor Skorzeny: »Das gleiche, aber mit Eis.«

Skorzeny sagte: »Das ist Pernod, schmeckt wie Lakritze, bringt einen zwar prima hoch, ist nur was für starke Männer, zumindest ab dem dritten oder vierten.

Aber mir geht ja der Ruf voraus, daß ich hart im Geben, aber auch hart im Nehmen bin!«

Der Kellner brachte den Pernod, zunächst eine klare, leicht gelbliche Flüssigkeit, die sich aber sofort verfärbte, wenn man Wasser oder Eis hineingab.

Köster nahm einen Schluck. Als höflicher Mensch zeigte er sich über Skorzeny recht gut im Bilde. »Sie sind eine Berühmtheit, Monsieur.« Dabei vermied er, den Rang zu erwähnen, denn die Leute am Nebentisch machten große Ohren. »Sie haben beim Einmarsch in Belgien das Grenzfort Eben-Emael erobert.«

Skorzeny winkte ab. »Na ja«, tat er bescheiden, »mit Preßluftbomben.«

»Ferner haben Sie Marschall Pétain daran gehindert, von der Vichy-Regierung zurückzutreten.«

Grinsend strich sich Skorzeny über die Gladiatorennase. »Mit zwei Panzerregimentern im Rücken war es leicht.«

Köster fuhr fort: »Und dann haben Sie die Idee entwickelt, falls es zur Invasion in England kommen sollte, die deutschen Fallschirmjäger in den britischen Uniformen abspringen zu lassen, die in Dünkirchen erbeutet wurden.«

Die beiden verstanden sich auf Anhieb gut. Sie waren professionell und glänzend vorbereitet. Draufgänger, Durchstecher, mutig. Das änderte aber nichts daran, daß Skorzeny den Canaris-Agenten später in den Ardennenwäldern und in den Alpen aufs brutalste hernahm.

Wenn Köster, am Ende seiner Kräfte, nahe daran war, unter Protest aufzugeben – schließlich wollte er nicht die olympische Goldmedaille im Zehnkampf gewinnen –, dann ließ ihn Skorzeny die zwanzig Kilometer noch einmal rennen, noch einmal mit fünfzig Kilo Gepäck den Berg erklimmen und anschließend als Lockerungsübung zwei Stunden Holz hacken. Auch Skorzeny war nicht Meister aller Klassen, hatte aber weitere Spezialisten zur Hand. Köster mußte sogar Dinge erlernen, von denen er behauptete, er beherrsche sie schon. Er trainierte, auf sämtlichen Typen von Personen- und Lastkraftwagen zu fahren, auf Krafträdern durchs Gelände zu scheuchen, mit Motoren aller Kaliber. Er schwamm im Fluß, meist gegen den Strom, bis er dachte, ihm wüchsen Häute zwischen den Fingern. Fallschirmspringen, Weit- und Stabhochsprung gehörten zu den einfachsten Übungen. Und alles sowohl bei Tag wie bei Nacht, alles bis zum Umfallen. Köster hatte zu kämpfen, damit er an Steilwänden im Gebirge, an der Watzmann-Ostwand, seine Höhenangst überwand. Endlich, als er sich körperlich optimal fühlte wie nie zuvor, vermittelten seine Ausbilder ihm das technische Rüstzeug. Als Ingenieur kam er rasch damit zurecht. Sie machten einen Elektriker aus ihm, einen Mechaniker, einen Klempner. Er lernte den Umgang mit explosivem Material wie ein Sprengmeister, aber auch die Grundzüge des Fliegens. Am Ende konnte er ein Schiff steuern und notfalls eine Straßenbahn fahren. Als Köster glaubte, daß er bis zu Physik und Chemie ungefähr alles wisse, was es auf der Welt zu wissen gab, unterzog ihn ein Psychologe einer Gehirnwäsche.

So wie ihm Skorzeny immer geraten hatte: »Was auch kommt, niemals meutern, im Notfall geht es um dein Leben, Köster«, sagte der Psychotrainer jetzt schlicht und einfach: »Vergessen Sie alles, nur nicht, daß Sie von Geburt Amerikaner sind.«

Zuletzt wurde Köster in die Selbstverständlichkeiten des modernen amerikanischen Lebens, von den Kaugummisorten bis zu Hot dogs, eingeweiht. Er mußte die Frage beantworten können, was bei Hot dogs erwärmt wurde – die Würstchen oder die Semmel und wie die Wurst hineinkam. Seine Sprache bekam leichte New Yorker Dialektfärbung, er mußte Dutzende von aktuell erschienenen Büchern lesen, Magazine studieren, Filme ansehen. Als sie endlich nach Berlin meldeten, der Agent sei so gut wie fertig, als Schütze so perfekt wie Wilhelm Tell, er könne die Handgranaten so weit werfen wie der Weltmeister in Berlin seinen Hammer, kleidete man ihn sorgfältig ein. Von den Socken bis zum Haarschnitt war alles amerikanisch. Baumwollhosen, Collegeslipper, Nylonsocken, bunte Hemden im Stil amerikanischer Farmer, Zigaretten und Sturmfeuerzeug, alles Beuteware. Füllfederhalter und Notizbuch stammten aus Kalifornien.

Endlich ließ ihn Canaris auf den Fall los. Beim Abschied sagte er zu Köster: »Ihr Transportmittel wartet schon in Südfrankreich. Sehen Sie zu, daß Sie innerhalb von vierundzwanzig Stunden an Ort und Stelle sind. Und *fare well*, mein Sohn, retten Sie mal schön das Vaterland.«

Der alte graue Wolf

An der französischen Atlantikküste regnete es den ganzen Monat. Trostloses Grau hing über Lorient. Los war rein gar nichts. Der Regen plätscherte in Pfützen, die Besatzungen des U-Boot-Stützpunkts hockten entweder in den Kantinen oder gingen ins Bordell.

Endlich kam für *U-136* der Auslaufbefehl. Darauf wartete jeder an Bord voll Ungeduld, vom Kommandanten bis zum jüngsten Matrosen. Seit Wochen waren sie vom Mittelmeereinsatz zurück, das Boot war überholt und neu ausgerüstet worden. Das Herumliegen machte sie fertig.

An einem tristen Märztag lief *U-136* aus dem Bunker in den Kanal. Draußen bei der Ansteuerungstonne wurde es von einem Geleit erwartet, von Vorpostenbooten und einem Sperrbrecher, der *U-136* mit seiner Flak gegen britische Flugzeuge schützen sollte. Die Stimmung an Bord war gut, keiner dachte an etwas Schlimmes, als ein Funkspruch einging.

Der II WO, Leutnant zur See Wessel, entschlüsselte ihn mit der Enigma und reichte ihn an den Kommandanten, Kapitänleutnant Lützow, mit der sarkastischen Bemerkung: »Wenn man kein Glück hat, kommt auch noch das Pech dazu.«

Sie sollten sofort stoppen, denn sie bekamen einen Passagier samt Gepäck an Bord. Das bedeutete große Gefahr. Sobald sie stoppten, lagen sie trotz des Geleitschutzes auf dem Präsentierteller wie ein einsamer Hering ohne Gelee.

»Und einen Passagier auf einem U-Boot«, bemerkte Wessel noch, »haben wir so gern wie ein Loch in der Kniescheibe.«

Auf *U-136* wie auf dem Sperrbrecher wurde der Ausguck verstärkt. Die britischen Jagdbomber und Spitfires tauchten meist blitzschnell aus dem Horizont hervor. Die Stunden vergingen, das kostete Nerven.

»Schätze, der Mann kommt aus Berlin«, sagte Lützow, »mit dem Zug.«

»Und weiter mit der U-Bahn bis hierher zu uns, Herr Kaleu.«

Nirgendwo war eine Pinasse oder ein Schnellboot zu sehen, höchstens mal eine Möwe. Endlich, in den Abendstunden, vernahmen sie das Brummen von Flugmotoren. Lützow wollte schon Alarm geben, da erkannten sie, daß sich ihnen von der Küste her ein Dornier-Flugboot DO-18 näherte. Trotz der unruhigen See wasserte es nahe *U-136*. Mit der Pinasse des Sperrbrechers wurden ein Mann und sein umfangreiches Gepäck auf das U-Boot übergesetzt. Es waren zwei schwere Koffer, die gerade durch das Torpedoluk gingen, und etwas Eckiges, in eine Segeltuchplane eingehüllt. Es stank nach Benzin, vermutlich ein Kleinmotorrad.

Der Passagier stellte sich bei Kapitänleutnant Lützow vor, aber so zwischen den Zähnen herausquetschend, daß man den Namen nicht richtig verstand. Er hatte eine versiegelte Order dabei.

»Boot wieder tauchklar«, meldete der Leitende, Oberleutnant Behrens.

In seinem Schapp hinter dem grünen Filzvorhang studierte Lützow den Gekados-Befehl. Der Mann sollte an der amerikanischen Ostküste abgesetzt werden, und dies so schnell wie möglich. Während der ganzen Strecke, möglichst in Tarnfahrt, dürfe keinerlei Angriff erfolgen, der sie hätte verraten können. Der Gast bekam eine Koje im Unteroffiziersschlafraum zugewiesen, wo er sich sofort hineinstemmte und den Vorhang zuzog.

U-136 entließ das Geleit.

Auf der Tiefenlinie gab Lützow Tauchbefehl: »Fluten … auf dreißig Meter gehen … beide E-Maschinen halbe Fahrt voraus.«

U-136 war überbelegt. Neben dem I WO Rahn und II WO Wessel gab es noch einen Dritten WO an Bord. Einen gewissen Wunder, Leutnant zur See. Ein ziemlich aussichtsloser Fall. Trauriger Haufen wurde so was bei der Marine genannt. Wunder sollte weiter für den U-Bootdienst ausgebildet werden. Man hatte den berühmten Ritterkreuzträger Lützow dazu bestimmt, Wunder für einen Einsatz lang zu übernehmen und passend zu schleifen. Doch schon nach wenigen Tagen hatte sich herausgestellt, daß dieser Charly Wunder kein Rohdiamant, sondern eine totale Lusche war, völlig ungeeignet und außerdem total lustlos. Er schlief auf Wache hinter vorgehaltenem Fernglas ein. Immer mäkelte er und stocherte er im Essen herum, und jeden Tag schützte er ein anderes Leiden vor, mal Halsschmerzen, mal Kopfschmerzen, mal Ohrenschmerzen, mal Rückenschmerzen, Schmerzen, wo überhaupt man nur Schmerzen empfinden konnte.

Grinsend pflegte er sich dann herauszureden: »Ich bin eben ein gebrechlicher Typ.«

»Aber Trompete spielen können Sie noch.«

»Dazu braucht man nur etwas Luft und die Finger. Meine Lungen und Hände sind noch soweit in Ordnung!«

Nicht einmal Leutnant Wessel, der allseits beliebte II WO, kam mit Wunder zurecht. Als ihn Wessel einmal über technische Details in der Zentrale fragte, ihm ein wenig aufs Zahnfleisch fühlen wollte, antwortete ihm Wunder mit einfältiger Offenheit: »Keine Ahnung, ich bin schließlich Jazztrompeter. Verstehen Sie was von Synkopen?«

»Derzeit befinden Sie sich allerdings auf einem U-Boot.«

»Sie kennen sich in einem Tonstudio ja auch nicht aus. Da gibt es mehr Tasten und Knöpfe als auf einem Dutzend Ihrer geliebten Unterwasserschiffchen.«

Seufzend erkannte Wessel, daß hier Hopfen und Malz verloren war. Fast verzweifelt fragte er: »Warum sind Sie überhaupt hier, Wunder?«

»Das wundert mich auch. Vielleicht weil ich dummerweise auf der Navigationsschule als Bester abschloß. Leute, die nicht zu groß sind, ohne steifes Rückgrat und ohne Hirnschäden, kommen, wie ich hörte, schon mal automatisch zu den U-Booten.« Stets gab er offen zu, daß ihm eigentlich alles ziemlich wurscht war. »Ich kann den Typen ganz oben nicht leiden, möchte nie einen Menschen töten, es sei denn, es muß sein, um mein Leben zu verteidigen«, lautete seine Devise. Im Grunde hatte er nur ein Interesse: seine versilberte B-Trompete, die er hütete wie eine Mutter ihr Kleinkind.

Einmal auf Wache sagte Wessel zu dem Kommandanten: »Ich denke, mit Wunder hat man der Marine ein faules Ei untergejubelt.«

»Ja, der Herr hat es ihm nicht in die Wiege gelegt.«

»Dafür eine Trompete.«

»Dabei muß es sich um die Nachgeburt gehandelt haben.«

Und I WO Rahn, der strammste der Strammen, meinte: »Der wird nie I WO, geschweige denn Kommandant.«

Darin irrte er sich, aber schließlich konnte niemand ahnen, welch grausamen Kurs das Schicksal steuerte.

U-136 nahm den kürzesten Weg durch die Irische See in den Nordatlantik, fuhr so ökonomisch, aber auch so schnell wie möglich. Ein Diesel lief immer große Fahrt, bis der andere Diesel seine Betriebswärme verlor. Dann wurde wieder umgeschaltet. Das war meist nachts. Aufgetaucht wurden die Batterien geladen, tagsüber ging man nur bei Begegnung mit anderen Schiffen oder in der Nähe von Beobachtungsstellungen an Land auf Tiefe.

Mehrmals beim Essen in der Offiziersmesse sagte der Passagier namens Köster, der zweifellos Geheimagent war: »Und lassen Sie sich nicht zu einem Angriff hinreißen, Käpt'n. Ich hörte, Sie seien ein toller Hecht.«

Nach einigen Zwischenfällen liefen sie, immer in weitem Bogen, an Einzelfahrern oder Geleitzügen vorbei. Oft donnerte es links und rechts von den Torpedoangriffen anderer U-Boote.

»Da muß sich unsereins mit Gewalt beherrschen«, jammerte Lützow.

Mit ihren zwölf Knoten Fahrt näherten sie sich nach

weiteren neun Tagen der amerikanischen Atlantikküste. Einmal bat Lützow den Canaris-Agenten in sein Schapp.

»Wo genau wünschen Sie abgesetzt zu werden, Köster?«

»Möglichst nahe bei Washington.«

»Also irgendwo in der Chesapeake-Bay.«

»Wenn es möglich ist, Herr Kaleu.«

»Vermutlich«, fürchtete Lützow, »gibt es da Sperren und Blockadeschiffe, aber wir kriegen das schon hin.«

»Sie sind doch ein Könner. Tragen das Ritterkreuz. Gratuliere.«

Lützow winkte ab. »Orden sind ohne Bedeutung. Unwichtig.«

»Schlecht nur, wenn man gar keine kriegt.«

Jetzt, da die Reise ihrem Ende entgegenging, äußerte sich der Canaris-Agent über seinen Auftrag: »Sie sind ja ebenso Geheimnisträger wie ich, Herr Kapitänleutnant. Ich habe einen Wissenschaftler zu finden, der mit deutschen Forschungsgeheimnissen nach Amerika geflohen ist. Dort hilft er den Amerikanern wahrscheinlich beim Bau ihrer Atombombe. In der Nuklearrüstung hatten wir einen Vorsprung von zehn Jahren. Die gehen nun bald futsch. Ich muß diesen Mann entweder eliminieren oder nach Mexiko bringen, wo wieder ein deutsches U-Boot die Ehre haben wird, uns abzuholen.«

»Sie hoffen, daß Sie ihn in Washington finden?«

»Nein, in New Mexico.«

»Das ist einige tausend Meilen von Washington entfernt nach Süden.«

»Ja, der nächste Weg«, bedauerte der Agent und äußerte nicht mehr viel, bis eines Abends die US-Küste in Sicht kam.

Unter Schwierigkeiten wegen der Küstenwache und der Sperren schlichen sie bei Nebel und Dunkelheit in die Bay. Es war kompliziert, aber nicht so, wie es gewesen wäre, wenn Amerika schon im Krieg gestanden hätte. An einem zerklüfteten Küstenbereich nördlich der Stadt Newport-News setzten sie Köster samt Motorrad und Gepäck nahe der Distriktstraße ab. Von da aus hatte er nicht mehr weit bis zur Hauptstadt. Wie er von dort weiterkam, war sein eigenes Problem.

Zwei Tage später befand sich *U-136* wieder auf hoher See. Steter Nordwest sorgte für queren Wellengang. Wessel ging mit Wunder Wache. Wessel fand Stampfen und Schlingern wohltuend.

»Regt meinen Kreislauf an. Finden Sie das nicht auch?«

»Auf meinem Balkon ist es gemütlicher«, erwiderte Wunder einsilbig.

U-136 hielt Ostkurs. Sie horchten den Funk ab. Immer wieder vernahmen sie Erfolgsmeldungen deutscher U-Boote über ihre Versenkungen.

»Jetzt sind wir auch bald dran«, hoffte Lützow und steuerte in Richtung der Konvoi-Route, welche die britischen Versorgungsfrachter nahmen.

Mehrmals mußten sie vor feindlichen Aufklärern auf Tiefe gehen, aber im Grunde waren die letzten tausend Meilen hinein in den Nordatlantik etwas monoton. Doch dann geschah etwas, womit niemand rechnete. Mitten in der Nacht schlug die Stunde des Leutnant Wunder.

Wie immer nach einer Vierstundenwache gab sich Wunder gerne der Entspannung hin. Er zog seine Trompete aus der Segeltuchhülle und übte tonlos mit und ohne Mundstück an den Ventilen. Er dachte an die Zeit zurück, als man noch spielen durfte, wann und was man wollte, an die sorglosen Zeiten im Elternhaus, an seine Bergwanderungen. Weniger dachte er an die Segelpartien am Chiemsee, denn das Wasser hatte er nie sonderlich geschätzt. Zwischendurch schlief er ermüdet ein. Das lag am monotonen Geräuschpegel der Maschinen im Inneren der Stahlröhre. Manchmal hörte er auch Fetzen von Gesprächen, die gedämpft in der Offiziersmesse geführt wurden. Er wußte in etwa, um was es ging, manches hatte er trotz seines zur Schau getragenen Desinteresses mitbekommen. Selbst der erfahrene Lützow war, was seinen III WO anging, echt ratlos. Er besprach sich mit seinen Offizieren und gab zu, daß es ihm schwerfalle, diesem Wunder nicht wegen Disziplinlosigkeit und unsolidarischen Verhaltens ein kriegsgerichtliches Verfahren anzuhängen.

»Das grenzt ja schon an Defätismus«, bemerkte der stramme Rahn einmal. »Wie wird man den los?«

»Am besten auf hoher See«, meinte Wessel, »an Deck stolpern lassen. Dieser Typ kann doch nicht einmal schwimmen.«

»Nein, ein Seemann wird er nie«, fürchtete Lützow. »Das erinnert mich an meinen ersten Kapitän auf einem Segelschiff. Der sagte immer: Ein echter Seemann möchte im Grunde eine Fahrwassertonne sein: dreihundertfünfundsechzig Tage auf See.«

»Diesbezüglich ist unser Freund Wunder eher *round about* dreihundertfünfundsechzig Tage lang eine Trantüte«, hatte Wessel noch bemerkt.

In dieser Morgenstunde lag Wunder nun in seiner Koje. Er hatte Freiwache, war erst wieder um null acht Uhr dran. Neben seinen vielen Geburtsfehlern hatte er immerhin eine Besonderheit mitbekommen, nämlich das perfekte Gehör eines Musikers. Er traf den Kammerton a auf Anhieb. Plötzlich schreckte er auf. Über den normalen Geräuschen wie Diesel, E-Maschinen, Pumpen etc. vernahm er etwas Außergewöhnliches. Es war nicht das Fahrwasserrauschen außen an der Bordwand, sondern etwas anderes, eine Art Zischen. Es kam von irgendwo unterhalb seiner Koje her. Mehr aus Neugier und Angst denn aus Pflichtbewußtsein verließ er den warmen Mief seines Bettes, tastete sich nach achtern und hob eine der schweren Flurplatten an. Darunter lag der Batterieraum. Er leuchtete in die schwarze Tiefe und stellte dabei mit Entsetzen fest, daß die Bilge nahezu voll Wasser stand. Eine ölig stinkende schwarze Brühe umspülte schon die Deckel der Batteriekästen. In Verbindung mit der Batteriesäure konnte das zu Knallgas führen. Solche tödlichen Explosionen hatten schon zum Absaufen von Booten geführt. Durch einen winzigen Riß im Druckkörper spritzte ein Strahl gischtendes Seewasser herein, möglicherweise war der Schaden beim letzten Tieftauchen entstanden.

Wunder alarmierte den Leitenden Ingenieur Behrens, dieser den Kommandanten und dann die Männer im Boot. Im allerletzten Moment konnten sie das Seewasser mit der Hauptlenzpumpe hinausdrücken und das Leck im Druckkörper zukeilen. Die Mannschaft arbeitete bis zur Erschöpfung.

Schweißnaß meldete Behrens dem Kommandanten: »Leck abgedichtet«

»Hält das auch?«

»Bis nach Hause in jedem Fall«, keuchte der LI.

»Und im Kampf?«

»Ein paar Wasserbomben hin oder her schon, wir stemmen die Keile noch ab.«

Einigermaßen erleichtert sagte Lützow beim Frühkaffee zu seinen drei anwesenden Offizieren: »Dieser Wunder mag die totale Flasche sein, aber er hat das Boot gerettet.«

Und Wessel bemerkte dazu: »Schon merkwürdig, daß man ihm dafür auch noch Dankeschön sagen muß.«

»Er kriegt eine Extraflasche Bier«, entschied der Kommandant.

Nach erfolgreichem Angriff auf einen Geleitzug, wobei *U-136* vier Frachter und einen Tanker versenkte, dann aber sechsunddreißig Stunden Wasserbombenverfolgung hinnehmen mußte, waren sie leergeschossen und nahezu ohne Treibstoff. Vierhundert Meilen nordwestlich der Azoren trafen sie einen Versorger. Der Tanker *Manna* lieferte ihnen nicht Brot, das vom Himmel Kanaans gefallen war, sondern achtzig Tonnen Öl und Torpedos.

»Hoffentlich arbeiten die Aale besser als unsere, wir hatten drei Versager«, erklärte Lützow dem Tanker-Kommandanten.

»Warum soll es Ihnen besser gehen, Lützow, als mir. Mein Erster Wachoffizier ging bei einem Tankmanöver in schwerer See über Bord. Wie mir der BdU per Funk mitteilte, verfügen Sie über drei seemännische Offiziere. Davon müssen Sie mir einen überlassen.«

Lützow zog zwar eine Trauermiene, dachte aber: nichts lieber als das. Wenig später traf auch die Bestätigung durch den BdU ein. Bei zunehmend schwerer See packte Leutnant Charles Wunder seine paar Klamotten und ließ sich mit Seesack und Trompete übersetzen.

Der Abschied von *U-136* fand ohne Tränen der Rührung statt. Als ihn die U-Tankerleute hinüberpullten, da begriff Wunder, wie sehr sie ihn auf dem Elite-Boot *136* als störenden Gegenstand betrachtet hatten. Wie war sein Leben vorher doch so bequem gewesen und was für ein steiniger Weg hatte vom Gymnasium in Oberbayern hierher geführt! Eines aber wußte er: Ein bißchen Glück, Dusel, Massel hatte er im Leben immer gehabt.

Das Umsteigen von Leutnant Wunder auf den Versorger *Manna* war aber nicht nur sein Glück, sondern auch sein Unglück. Zwar entging er den tragischen Vorgängen auf *U-136*, die sich in den nächsten Wochen entwickeln sollten, doch sollte er durch ebenso dramatische Umstände schließlich sogar Kommandant auf dem Unglücksboot *U-Z* werden. Denn notgedrungen sollte ihn Admiral Dönitz bald mit einer ehrenvollen Aufgabe bedenken, die Wunder dann in gewohnter Weise auch nicht bewältigen würde.

Den Wölfen zum Fraß

Über der Reichshauptstadt Berlin hing eine Dunstglocke wie über vielen Städten, die Millionen Einwohner hatten. In den Mittagsstunden drang die Sonne mühsam durch und rief auf dem Wasser des Landwehrkanals nur ein mattes Glitzern hervor. Ein Schlepper zog zwei Lastkähne Richtung Unterspree.

Von dem massiven Kommandogebäude aus der Kaiserzeit blickte ein Mann herüber. Er stand an einem hohen Fenster im vierten Stock. Was er sagte, sprach er mehr gegen die Glasscheibe als zu der Person hinter ihm. Sauerbrunner stand am Fenster, und die Person hinter ihm, die er anzusehen vermied, war Obersturmführer Margarethe Siebenlist. Er hatte sie in dieser Stunde nicht zu einem Gespräch gerufen, sondern zum Rapport befohlen. Bei einem militärischen Rapport mußte man sich immer für irgendeinen Fehler verantworten.

Mit seiner gemütlichen, aber dennoch durchdringenden Stimme äußerte Sauerbrunner: »Sie haben versagt, Siebenlist.«

»Fox ist meinen besten Beschattern entwischt.«

»Was letzten Endes Sie verantworten.«

Sie versuchte zumindest eine Erklärung: »Im Vormittagsverkehr zum Anhalter Bahnhof ist jeder Mann mit einem Fahrrad eben schneller und einem Kraftfahrzeug überlegen.«

Der Gestapo-Chef ließ die Erklärung nicht gelten: »Sie waren schon damals in Bremen, als Sie ihn hatten, zu weich.«

»Ich sollte mich an ihn heranmachen, sein Vertrauen gewinnen«, erinnerte sie.

»Auch dabei haben Sie versagt.«

»Nicht ich allein.«

»Wer denn noch? Nur Sie waren für diesen Mann verantwortlich. Sie hatten einen Auftrag und haben ihn nicht erfüllt. Sie sind für mich in Berlin nicht mehr tragbar, Siebenlist.«

Die Gemaßregelte ahnte, worauf das hinauslaufen würde, fand es aber nicht so furchterregend wie vielleicht andere. Im Gegenteil. Die Gründe dafür lagen tief in ihrem Inneren vergraben.

Jetzt drehte sich Sauerbrunner um, stand breitbeinig da in seinen glänzend gewienerten schwarzen Schaftstiefeln, wippte ein wenig vom Absatz auf die Ballen und fuhr fort: »Hier im Hauptquartier kann ich nur erstklassige Leute gebrauchen. Da das Versagen wohl nicht an Ihrer Intelligenz liegt, sondern an Ihrer Einsatzfreude, werden Sie sich etwas Auffrischung holen müssen. Deshalb kommandiere ich Sie zur Kur«, er machte eine kleine Pause, »zum Fronteinsatz. Anständigerweise möchte ich Ihnen zwei Ziele zur Wahl lassen.« Ehe Sauerbrunner die Ziele nannte, legte er den Kopf schief. »Haben Sie nicht auch Sprachen studiert, Siebenlist?«

»Im Wahlfach, Herr Obergruppenführer.«

»Slawische Sprachen, wie ich Ihrer Akte entnahm.«

»Polnisch und Russisch.«

»Das prädestiniert Sie ja zum Verhör von Gefangenen.« Er trat an die Europakarte, die über dem Ledersofa an der Wand hing. Mit einer fahrigen Bewegung strich er vom Polarkreis bis zu den Karpaten. »Wie gesagt, zwei Möglichkeiten: Nordnorwegen, dort wechseln immer Spione und Saboteure aus dem sibirischen Rußland herüber, die wir meistens gleich aufgreifen.« Sein Finger deutete von Ostpolen auf eine rote Linie, welche die Grenze zwischen den von Deutschen eroberten Bezirken und dem Bereich, dem man den Russen überlassen hatte, markierte und den sie Ukraine nannten. »Das ist ein weites Gebiet, eine Mischung aus undurchdringlichen Wäldern und Sümpfen, wo ein ständiger Krieg zwischen unseren Einheiten und den polnischen Partisanen herrscht. Dort fehlen uns Verhörspezialisten. Ich denke, da schicke ich Sie hin, Siebenlist. Jawohl, ich habe mich entschieden, das ist Ihr Einsatzbereich.«

Außer den hohen Militärs war nur wenigen Deutschen bekannt, was dort im Osten vor sich ging. Die Wehrmacht zog Millionen von Soldaten zusammen, Panzerdivisionen und Artilleriedivisionen. Man legte Depots für Verpflegung, Munition und Treibstoff an. Zweifellos sah das nach Offensive aus. Irgendwann würde von hier aus gegen Rußland losgeschlagen. Margarethe Siebenlist würde also binnen kurzem im Zentrum einer Großoperation stehen. Trotzdem paßte das in ihre Pläne.

Nun machte es Sauerbrunner kurz: »Holen Sie sich Ihren Marschbefehl. Dann nehmen Sie den nächsten Zug nach Osten. Sie melden sich beim Kommandeur der Geheimen Feldpolizei in der Sektion XIV, das ist der Bereich von Warschau bis zur Demarkationslinie.

Ich brauche Ihnen nicht alles Gute zu wünschen, Obersturmführer und ...«, nun wurde er zynisch, »Sie sind mir ja als Frau der Tat bekannt.«

Er gab ihr nicht die Hand, sondern verabschiedete sie mit dem deutschen Gruß.

Östlich von Wribiza ging Obersturmführer Margarethe Siebenlist ihrer Tätigkeit als Verhöroffizier von Gefangenen nach, meist jungen Männern und Frauen, welche deutsche Stoßtrupps im Wald- und Sumpfgebiet gefangengenommen hatten. Diese Gruppen überfielen regelmäßig nachts deutsche Posten und kleinere Depots, eigneten sich Waffen und Sprengstoffe an, mit denen sie dann wenig später Eisenbahnbrücken und Geleise in die Luft jagten. Dadurch wurden die Fahrpläne deutscher Transportzüge oft empfindlich gestört.

SS-Obersturmführer Margarethe Siebenlist warf den Führern der deutschen Stoßtrupps vor, daß sie nicht die richtigen Gefangenen machten. »Immer nur Leute aus der dritten Garnitur, die kaum lesen und schreiben können, bessere Gewehr- und Munitionsträger. Was ich brauche, sind die Führer, die Offiziere.«

Um als gutes Beispiel vorangehen zu können, wie sie es nannte, nahm sie selbst an den nächtlichen Jagden auf Partisanen teil. Bei so einem Unternehmen wurde sie von ihren Begleitern abgeschnitten und geriet in die Hände der polnischen Widerstandskämpfer. Zunächst wurde sie ziemlich grob mißhandelt, später unterzog man sie ähnlichen Verhören wie die, mit denen sie selbst gegen Gefangene vorgegangen war. Einer der Partisanenführer, ein großgewachsener, gutaussehender Major, nahm sie tagelang in die Mangel.

Wie sich ergab, war er politischer Kommissar und Russe.

Nachdem ihre Berliner Dienststelle wochenlang nichts von Obersturmführer Siebenlist gehört hatte, vermutete man, sie sei von Partisanen umgebracht worden, und setzte sie auf die offizielle Vermißtenliste.

Roulette für Agenten

Der Canaris-Agent Köster, der sich in seinem amerikanischen Paß Custer nannte – so wie der berühmte General, der mit seinem Bataillon am Wounded Knee von den Indianern unter ihrem Häuptling Sitting Bull niedergemetzelt worden war –, hatte große Schwierigkeiten gehabt, von Washington aus Dr. Michael Fox zu finden. In den USA gab es keine Meldepflicht. Jeder konnte wohnen und bleiben, wo er wollte, hin- und herreisen, wie es ihm paßte. Also begab sich Custer zunächst einmal nach New Mexico, trieb sich in der Nähe des Atom-Forschungszentrums und meist in der Nähe der Uranfabrik herum. Er besaß ein gutes Foto von Dr. Fox, hatte sich dessen Gesichtszüge eingeprägt wie kaum andere je zuvor. Nach wochenlangem Beobachten stieß er auf einen Mann, der Dr. Fox ähnlich sah. Custer folgte ihm, wenn er mit seinem alten Chevi abends immer Richtung Hanford rollte. In einer neuen Siedlung, die man dort für Arbeiter und Angestellte errichtet hatte, mit Hunderten von völlig gleich aussehenden Holzbungalows, wohnte Dr. Fox bei einer gewissen Mary-Lou. Getreu seinen Anweisungen aus Berlin wartete Custer einen günstigen Augenblick ab, um Dr. Fox zu eliminieren. Dabei war es wichtig, gleichzeitig die Leiche spurlos verschwinden zu lassen.

Der Physiker Fox, inzwischen leidenschaftlicher Fischer und Jäger, fuhr oft in die Berge, wo er einsam in seinem Auto oder im Zelt übernachtete. Eine solche Gelegenheit beschloß der Canaris-Agent zu nutzen.

Es wurde allmählich Zeit, und er geriet unter Druck. Jetzt, nachdem er Fox in der verwinkelten Bürokratie der amerikanischen Atomforschung ausfindig gemacht hatte, mußte er endlich seinen Auftrag erledigen. Zweifellos begann Fox nämlich bereits damit, seine Kenntnisse aus der deutschen Atomforschung mit anderen Wissenschaftlern auszutauschen, zu deren engsten Kern er zu gehören schien.

Andererseits pflegte Fox auch Umgang mit lichtscheuen Leuten, deren Herkunft dem Canaris-Agenten zunächst ein Rätsel blieb. Möglicherweise hatte Fox zur Kommunistischen Partei Verbindung aufgenommen. All diese Wissenschaftler waren durchweg politisch links stehend, auch Professor Oppenheimer wurde vorgeworfen, er sei pro-russisch eingestellt. Man fürchtete, daß diese Leute einen Standpunkt vertraten, der an Staatsverrat grenzte. In ihren elitären Kreisen war man jedoch der Meinung, daß eine Waffe wie die Atombombe auch den Sowjets zugänglich zu machen sei, zumindest die Forschungsgeheimnisse und Herstellungsdaten.

Mit seinem hochentwickelten Sinn für Gefahr spürte Dr. Fox, daß sich seine Lebensumstände langsam, aber doch merklich veränderten. Freunde erzählten, Unbekannte hätten versucht, sie über ihn auszuforschen.

»Eine ganz normale Sicherheitsüberprüfung«, tat Fox es ab.

Aber sogar seine Post wurde regelmäßig geöffnet. Kaum daß man Spuren daran sah. Zweifellos waren hier Profis am Werk. Hin und wieder fühlte sich Dr. Fox auch beobachtet. Weniger während der Arbeit im Labor als an freien Tagen, wenn er nach Portland fuhr, um wieder einmal auf die Pauke zu hauen. Denn dieses Hanford, diese Stadt aus neuen, immer gleichen Fertighäusern, war an Ödnis kaum zu übertreffen. Binnen weniger Monate hatte man für die Arbeiter des Manhattan-Projekts Siedlungen aus dem Boden gestampft, wo vorher nichts als ein Hühnerstall gestanden hatte. Dr. Fox arbeitete im Forschungslabor eines Werkes, das man ebenfalls binnen weniger Monate im Columbiatal hochgezogen hatte. Das Interessante an dem riesigen Industriekomplex war, daß im Team von Lawrence kaum jemand verstand, was dort eigentlich hergestellt wurde. Es ging um irgendein grauschwarzes Pulver.

Auch die Zeitungen nahmen kaum Notiz davon, fast so, als sei es verboten, darüber zu schreiben. Naturgemäß wußte Dr. Fox mehr über das Werk als neunzig Prozent der dreißigtausend Arbeiter und Angestellten. Sie erzeugten Plutonium aus dem radioaktiven Abfall von Atommeilern. Die Ausbeute war lächerlich gering, doch allmählich kam ein Gramm zum anderen. Der Versuch, sich auszurechnen, was die Herstellung von einer Unze Plutonium kostete, endete bei einer Dollarsumme in zweistelliger Millionenhöhe.

Dreißig Jahre alt, war Dr. Fox das, was man einen aufgeweckten Burschen nannte. Sofern er irgendwelche Zusammenhänge nicht verstand, fragte er im Labor ganz vorsichtig seine wissenschaftlichen Kollegen. Aus dem, was er erfuhr, setzte er ein Puzzle-Spiel zusammen und zog seine Schlußfolgerungen. Allmählich kam er zu der Erkenntnis, daß diese Arbeit andere Dimensionen besaß als die in Haigerloch in Württemberg. Dies alles meldete er dann weiter, denn Dr. Fox verdiente nicht nur in Hanford gut, noch mehr Geld brachte die Weitergabe von Informationen an Dimitri. Der Weg, den die Informationen von Dimitri aus weiter nahmen, interessierte ihn wenig. Hauptsache, sie kamen dort an, wohin er früher Kontakt mit seinem Kurzwellensender gehabt hatte. Den hatte er aus Sicherheitsgründen im Columbia River versenken müssen. Seitdem schrieb er nur noch Briefe. Seine Berichte warf er in Postkästen. Stets verwendete er als Absender den Namen einer Frau.

Wenn Anrufe kamen, erreichten sie ihn meist in seinem Bowlingclub. Am Dienstag erfolgte wieder einer. Wie immer war es Dimitri, der Mann, der Fox in Las Vegas aus der Patsche geholfen hatte. Dort hatte er mit seinem mathematischen Verstand geglaubt, beim Roulettespiel bestimmte Permanenzen zu erkennen, auch Eigenheiten der Schüssel und der Kugel. Allerdings hatte er sich geirrt. Total pleite, hatte ihm dieser Dimitri dann geholfen. Aber nicht durch Zufall.

»Hab' schon lange ein Auge auf dich«, sagte Dimitri, »wir müssen endlich persönlichen Kontakt herstellen. Befehl von ganz oben.«

Manchmal meldete sich Dimitri wochenlang nicht, dann tauchte er plötzlich wieder auf. Wie stets lockte er mit langen moralischen Reden und mit Bündeln grüner Scheine. Für die vielen Dollar wollte er eigentlich recht wenig wissen.

»Nur für deine Unkosten«, beruhigte er das Gewissen von Fox. Dieser, in den USA meist knapp bei Kasse, hatte nichts gegen die zusätzliche Einnahme.

Heute faßte sich der Anrufer kurz. »Muß dich sprechen, Mike«, sagte er. »Weekend, Portland, üblicher Ort, übliche Stunde.«

»O. k.«

Fox schlenderte zur Kegelbahn vier und ließ die Kugel rollen.

»Ein Weib?« fragte sein Kollege.

»Wer sonst?«

»Ging aber flott.«

»Ich bin nun mal von der schnellen Truppe«, bemerkte Fox grinsend.

Der Mann am Stehtisch in der Hot-dog-Station war einer von denen, die ihr Anliegen kurz fassen. Den Mantelkragen hochgeschlagen, den Hut amerikanisch im Nacken, sagte er: »Wir sind zufrieden mit dir, Mike. Nun ist allerdings ein Problem in Tennessee aufgetaucht. Man will wissen, was los ist. Fahr hin und schau nach. Der Name der Kontaktperson ist Jo Harper, Physiker wie du, also ein Kollege.«

»Unmöglich«, entgegnete Fox, »das bedeutet eine Reise quer durchs ganze Land, dreitausend Meilen.«

»Nimm Urlaub, Mike.«

Fox zögerte. »Kann mich höchstens krank melden, aber auch das fällt auf.«

Dimitri schob einen Umschlag über die schmierige Tischplatte. Er enthielt mindestens fünftausend Dollar. Dazu bekam Fox die Adresse in einem Ort nahe Oakridge.

Aber noch war er unentschlossen. »Dazu brauche ich zwei Wochen für hin und zurück.«

»Kauf dir ein neues Auto«, brummte sein V-Mann.

»Das fällt auf.«

Immer wieder betonte Dimitri, wie wichtig es für Moskau sei, auf eine Reihe von Fragen Antworten zu erhalten. Er zählte sie auf: »Welche Bombe wird zuerst fertig, die in Oakridge oder die in Hanford? Wann machen sie den Test? Wo machen sie ihn? Wieviel Uran oder Plutonium ist nötig für einen Versuch?«

»Die erste Bombe, Little Boy, ist in vierzehn Monaten so weit«, vermutete Fox. »Das Versuchsgebiet liegt bei Los Alamos in New Mexico, einem militärischen Sperrgelände. Dort bauen sie schon die Bunker und Straßen – aber zum Teufel, Dimitri, warum fährst du nicht selbst nach Tennessee?«

Dimitri, der Amerikaner russischer Herkunft, zeigte keine Nervosität, malte aber mit der Zeigefingerkuppe voll Senf auf einer Papierserviette herum. »Weil sie hinter mir her sind«, gestand er schließlich. »Wichtig ist auch, welcher von den Atomwissenschaftlern bei euch in Hanford arbeitet. Oppenheimer, Fermi, wer noch?«

»Sie kommen und gehen«, sagte Fox. »Ich sehe oft auch Kant und Lawrence.«

Zwei Männer in dunklen Mänteln mit Hüten betraten die Imbißstube. Unmerklich zuckte Dimitri zusammen. »Also?« drängte er.

»O. k., ich tu's«, entschied sich Fox schweren Herzens.

»Dann *a good job.*« Der Verbindungsmann bezahlte und ging.

Schach: W rückt von M nach Z

Auf *U-136* waren sie froh gewesen, Leutnant zur See Wunder los zu sein. Um so weniger entzückt war der Tanker-Kommandant von *U-Manna*, einen derart inkompetenten Offizier als I WO übernommen zu haben.

Einmal sagte er leise zu seinem Obersteuermann: »Das Einzige, was dieser Wunder weiß, ist, daß man von der Brücke nicht durch das Turmluk ins Innere eines U-Bootes pinkelt, sondern nach draußen herum.«

Nachdem er den letzten Treibstoff abgegeben hatte und nur noch so viel Proviant an Bord führte, wie seine Besatzung brauchte, kehrte der U-Tanker *Manna* wohlbehalten in die Heimat zurück. Er wurde in den französischen Atlantikhafen Brest beordert, noch auf See von einem Sicherungsgeleit erwartet und bei Nacht hineingebracht. Dort sollten Einsatzschäden behoben, das Boot neu mit Treibstoff, Proviant und Torpedos für die im Atlantik kämpfenden U-Boote ausgerüstet werden. Wegen eines E-Maschinenschadens dauerte dies einige Wochen. In dieser Zeit gab es wenig zu tun. Die Besatzung gammelte, schob Wachdienst oder trieb sich in den Hafenkneipen herum. Leutnant Wunder widmete sich seinem Hobby, dem Trompetespielen. Er hatte sich Zivilklamotten besorgt, Sachen, die bei einem Trödler versetzt worden waren. Eine Hose aus kräftigem Baumwollstoff, ein buntkariertes Hemd und eine lederne Jacke. Damit zog er abends durch die Jazzkeller der Hafenstadt. Bei den französischen Kapellen war er bald ein wohlgelittener Mitspieler. Er blies die Nummer *Je suis seul ce soir* mit so klarem Strahl, daß sie ihn überredeten, mit ihnen eine Schallplatte aufzunehmen.

Das ging solange gut, bis er dem Leutnant einer Wehrmachtstreife auffiel. Beide kannten sich aus dem Offizierskasino. Wunder hatte natürlich keine Papiere bei sich, außerdem war das Kellerlokal für deutsche Wehrmachtsangehörige verboten. Der Kamerad bedauerte, aber er mußte Wunder festnehmen und vorführen. Nach zwei Tagen Einzelhaft im Bunker sollte er seine »I A-Uniform blau« anziehen, zwecks Rapport beim Flottillenchef. Der war ein eher väterlicher Typ, auch wenn er von Musik und Jazz wenig verstand.

»Ich bin Operettenliebhaber«, gestand Toms. »Mein Geschmack endet beim ›Weißen Rössl vom Wolfgangsee‹.«

»Phantastisches Stück«, stimmte ihm Wunder bei.

»Bestrafen möchte ich Sie wegen Ihres Vergehens nicht, Wunder«, erklärte der Flottillenchef, »aber Sie bekommen sofort ein Bordkommando.«

»Wenn es sein muß, Herr Kapitän.«

»Interessiert Sie nicht, wohin es geht?«

»Genaugenommen nicht, Herr Kapitän«, gestand Wunder. »Die Boote sind ja alle gleich.«

»Wie gleich, meinen Sie?«

»Gleich beschissen, Herr Kapitän.«

Der Flottillenchef lächelte. »Nur eines ist gleicher, nämlich *U-Z*.«

Wunder erschrak. »Auf diesem Seelenverkäufer war ich schon einmal!«

Als er von *U-Z* hörte, sah Wunder schwarz. *U-Z* bedeutete für ihn so viel, als wäre er gezwungen, einen Horrorfilm zehnmal hintereinander anzusehen. Der Ruf dieses Unglücksbootes war inzwischen in der ganzen Flotte bekannt.

»Sie steigen sofort ein, Leutnant Wunder.«

»Darf ich mich noch rasieren?«

»Ja, fünfzig Meter unter Wasser.«

Nur eines konnte Wunder noch trösten, auch wenn er nun vom Regen in die Traufe geriet: besser noch in der Traufe auf *U-Z* als auf *U-136* im Regen. Was mit diesem hochdekorierten Lützow-Boot geschehen war, hatte sich in Windeseile verbreitet. Der BdU hatte es trotz schwerer Schäden sofort wieder in den Atlantik hinausjagen wollen, deshalb hatte es eine Meuterei gegeben. Der Kommandant, Kapitänleutnant Lützow, hatte sie zwar niedergeschlagen, die Vorgänge im Kriegstagebuch aber nicht erwähnt. Deshalb war es zu einem Kriegsgerichtsverfahren gekommen, und die Meuterer waren erschossen worden. Der Rest der Besatzung kam degradiert in ein Straflager nach Ostpolen an der Demarkationslinie zu Rußland, in das berüchtigte Wribiza-Lager. Eine Art Todesurteil. Bisher war niemand dort lebend wieder herausgekommen.

Das schien auch der Flottillenchef zu wissen, als er riet: »Nun können Sie ja den Choral blasen, Wunder, ›Nun danket alle Gott‹.«

»Es gibt einen Schlager«, sagte Wunder, »einen Blues ›*Live is better than die*‹.«

»Von Ihnen?«

»Ja, von mir.«

»Nun gut«, meinte der Flottillenchef, »dann blasen Sie eben diesen.«

Eine Frage hatte Wunder noch: »Wer ist jetzt Kommandant auf *U-Z*?«

»Immer noch Henke.«

»Dem bin ich auch ziemlich unwillkommen.«

»Könnte ich mir durchaus vorstellen«, äußerte der Flottillenchef.

Vorletzter Foxtrott

Michael Fox wußte nun einiges über sein Zielobjekt. Im Labor schützte er eine Angina, also Halsschmerzen und Fieber, vor. Am Freitag fuhr er los. Durch Idaho, Colorado, Kansas und Missouri waren es mehr als zweitausend Meilen. Zwar hatte er nur eine Reifenpanne, aber mehrmals Probleme, immer wieder genügend Benzin zu tanken. In manchen Staaten war es bereits rationiert. Am Mittwoch kam er endlich an. Es war früher Abend, als er gegen die Tür von Dr. John Harper klopfte.

Eine etwas abgehärmte, aber leidlich hübsche rothaarige Frau öffnete ihm. Sie hatte noch, oder schon, den Bademantel an. Für seinen Geschmack war ihre Taille zu schmal. Das sah er mit einem Blick am zusammengezogenen Gürtel.

Er stellte sich vor: »Ich bin Mike Fox, ein Studienfreund von John. Wir waren zusammen auf dem Cincinnati Technical College und auch in der Sportmannschaft. John war der beste Quarterback, den die Universität je hatte.« Weiter sprudelte es aus ihm heraus: »Ich hörte, es sei ihm etwas zugestoßen. Darf ich mit Ihnen darüber reden?«

Sie musterte ihn. Er schien ihr nicht zu mißfallen. »Kommen Sie herein, ich bin Annie.«

»Sagen Sie einfach Mike zu mir.«

Annie machte sich mit Haarbürste, Puder und Lippenstift zurecht. Dann legte sie los und hörte nicht mehr auf damit. Sie erzählte und erzählte, dabei vergaß sie, dem Gast Kaffee oder ein Bier anzubieten. »Eines Tages«, sagte sie, »sind zwei Männer gekommen vom FBI. Die wollten John sprechen. Angeblich ging es nur um eine Routineüberprüfung, weil er im Uranwerk arbeitete. Es wurde spät und dunkel, so lange warteten sie auf John. Doch wenn er zum Fischen fuhr, ließ er sich gerne Zeit. Dann fuhr draußen ein Auto vorbei. Wenig später fiel ein Schuß. John Harper hatte sich in seinem Buick umgebracht.«

»Aber warum?« fragte Fox, Erschütterung vortäuschend. »War er krank? Gab es familiäre Gründe?«

Angeblich wußte Annie nichts Näheres. Sie konnte nur vermuten. »Vielleicht hatte es mit seiner Vergangenheit zu tun. Er soll jahrelang einen anderen Namen geführt haben. Es gibt Gerüchte, daß er in dunkle Geschäfte verwickelt gewesen sei und auch sein Universitätsdiplom gefälscht habe. Ist doch Unsinn, oder?«

»Natürlich, alles Quatsch, Annie. Er erschoß sich also in seinem Auto. Litt er vielleicht doch an einer versteckten Krankheit?«

Den Tränen nahe fuhr sie fort: »Sie haben das Auto beschlagnahmt. Den ganzen Winter über stand es beim FBI. Endlich gaben sie es frei. Aber ich wollte den blauen Buick nicht mehr. Jetzt rostet er bei einem Händler in Oakridge und soll verkauft werden.« Reichlich spät bemerkte Annie, daß sie ihrem Gast noch immer nichts angeboten hatte. »Einen Drink?« fragte sie nervös.

»Warum nicht?«

Sie brachte ein zuckendes Lächeln zustande. »Warum nicht«, wiederholte sie. »Ganz einfach, weil einem

Drink leicht ein zweiter folgt und ein Abendessen. Es wird spät werden, Sie werden behaupten, kein Nachtquartier zu haben, ob Sie vielleicht bei mir …?«

»Na, und«, fragte er, »wäre das so tragisch?«

Sie errötete. »Und dann … dann werden Sie versuchen … mit mir zu schlafen.«

Mike Fox, im Grunde eine ehrliche Haut, nickte mehrmals. »Das könnte schon sein, Ma'am. Wäre es eine Katastrophe?«

Annie verneinte, gab sich jedoch einen Ruck. »Ja, nämlich insofern eine Katastrophe, als ich wahrscheinlich nichts dagegen hätte, Sir.«

Sie goß zwei Gläser mit Whiskey voll und aus Nervosität ein bißchen daneben. Sie tranken. Dann küßte er sie, sie zitterte, als er sie anfaßte. Sie setzte ihr Glas ab und deutete auf das Sofa. »Macht es dir etwas aus, Mike, wenn wir es gleich hier erledigen?«

»Keinesfalls.«

Sie brauchte nur den Bademantel auszuziehen. Wie sie sich anfühlte, war es höchste Zeit. Annie Harper befand sich, was körperliche Liebe betraf, in einer echten Notlage.

Es fährt ein Boot nach Nirgendwo

Das Wetter an der Kanalküste unterschied sich in diesem Frühjahr von dem am Polarkreis nur insofern, als es ab und zu um den Abend herum dunkel wurde. Ansonsten ging regenmäßig der April nahtlos in den Mai über mit Wind, tief hängenden Wolken und Nässe. Am U-Boot-Pier in Brest lag ein Typ VII-C, das man offenbar abgeschrieben hatte und dem man nicht einmal mehr die Farbe für einen neuen Anstrich gönnte. Mit seinen Mennigeflecken galt *U-Z* als der Schrotthaufen der U-Boot-Flotte und wurde auch so behandelt. Die anderen Boote hielten auffallend Distanz. Nicht einmal mehr Telefonanschluß hatte es bekommen.

Oberleutnant zur See Wunder meldete sich bei Kapitänleutnant Henke. »Klar zum Dienstantritt.«

»Sie schon wieder.«

»Leider, Herr Kaleu.«

»Na, schön. Also unwillkommen an Bord. Sie wissen ja, was Sie zu tun haben als I WO.«

Danach verfiel Henke wieder in diesen Zustand von beleidigter Schläfrigkeit, was eine von zwei Möglichkeiten war. Er konnte aber auch plötzlich in Hektik ausbrechen. Das war dann die andere Erscheinungsform.

In aller Morgenfrühe kam ein Melder angeradelt und überbrachte dem Kommandanten von *U-Z* einen mündlichen Befehl: »Sie sollen das Boot klarmachen zum Auslaufen und sich beim Flottillenchef einfinden, Herr Kaleu.«

»Wann?« fragte der blaßblonde, etwa achtundzwanzigjährige Kommandant.

»Sofort, Herr Kaleu.«

»Also von gleich auf jetzt.«

Henke befahl dem Leitenden und dem I WO, Auslaufbereitschaft herzustellen. Dann streifte er einen frischen weißen Isländer über, die Uniformjacke, und meldete sich eine halbe Stunde später im Flottillenbüro.

Der Adjutant ließ ihn sofort zu Fregattenkapitän Toms durch. Dieser Toms, ein älterer Herr und schon im Ersten Weltkrieg U-Boot-Kommandant, blickte Henke musternd an. Bei dem hing die Unterlippe wieder einmal dort, wo die Oberlippe hingehörte, ein Zeichen, daß er sich Sorgen machte. Der erfahrene Toms sah, daß dieser Mann Kraft brauchte. Er nahm den jungen Offizier um die Schulter, um ihn aufzurichten, bevor es ganz dicke kam. Henke galt als recht tüchtiger Skipper, wirkte aber immer etwas magenkrank. Gewiß lag es auch daran, daß er das mieseste Boot aller deutschen Wasserfahrzeuge kommandierte. Ein Schiff, dem man nicht einmal die Ehre einer Numerierung zugedacht hatte: einfach *U-Z*, sozusagen das letzte Glied einer Reihe, und es blickte auf eine traurige Vergangenheit zurück. Bis jetzt hatte es nichts als Pannen und Havarien gegeben, ein Kommandant hatte sich aus Verzweiflung schon erschossen. Als Schulboot bei der 21. Flottille war es arg zusammengenudelt worden, aber bei den hohen U-Boot-Verlusten wurde jetzt alles zusammengekratzt, was seefähig war.

Mit seiner väterlichen Stimme begann der Flo.-Chef: »Wie geht's, wie steht's, was macht die Gesundheit, was macht die Familie?«

»Gesundheit und Familie Fehlanzeige, Herr Kapitän, aber wenn Sie vielleicht einmal einen neuen Diesel für mein Boot übrig hätten oder einen guten gebrauchten – meine Backbordmaschine ist praktisch im Eimer –, dann, ja, dann ginge es mir bestens.«

»Diesen Einsatz noch, Henke«, sagte Toms, was eine fromme Lüge war, »dann sehen wir, was wir tun können.« Schon kam er zur Sache. »Folgende Lage: Eines unserer Boote ist, vom Atlantikeinsatz zurückkehrend, ausgangs der Irischen See im St. Georgs-Kanal auf eine Treibmine gelaufen. Das Boot soff ab. Die Hälfte der Besatzung kam nicht mehr heraus, aber neunzehn Mann und der Kommandant konnten sich retten. Mit dem Schlauchboot ruderten sie bei Nacht bis zur Küste. Im Morgengrauen erreichten sie dann eine vorgelagerte Insel.« Der Flo.-Chef trat an die Karte und deutete auf einen Punkt. »Hier, an der Bantry Bay, ist so ein Mückenschiß von Eiland. Zum Glück konnten die Männer ein Notfunkgerät mitnehmen. Die Situation ist nun folgende: Einen Schlepper oder Abholer kann ich nicht hinschicken, der würde über Wasser sofort erkannt und versenkt. Ein Seenot-Rettungsflugzeug kann maximal sechs Mann mitnehmen, und die Wachen an der Küste würden erkennen, was los ist, was da abläuft. Ein zweiter Anflug wäre kaum möglich. Nun stehen aber alle einsatzfähigen U-Boote im Atlantik an den Geleitzügen. Davon kann ich kein einziges abziehen. Die Restbesatzung ist also nur mit einem U-Boot zu retten. Die Leute sind das wert, haben mehr als hunderttausend Tonnen versenkt.«

Henke ahnte, was ihm blühte, noch bevor der Flottillenchef fortfuhr.

»Und Sie, Henke, sind der einzige, der mir zur Verfügung steht. Knüppeln Sie Ihren Sarg dorthin, versuchen Sie alles, was Sie können, um die Kameraden wegzuholen. Auslaufen sofort, Einzelheiten, Funk-Code, ES kriegen Sie vom I A.«

Alles Weitere bestand lediglich aus Koordinaten und dem Namen der Insel. Die Entfernung betrug ungefähr dreihundert Meilen, das bedeutete unter Berücksichtigung der Gezeitenströmung etwa fünfundzwanzig Stunden Anmarsch.

In den Mittagsstunden hatte *U-Z* den schützenden Hafen von Brest verlassen.

»Klarmachen zum Tauchen«, befahl Henke und wandte sich an seinen I WO, der neben ihm auf der Brücke stand. Er mochte diesen Wunder noch immer nicht sonderlich, hielt ihn für eine ziemliche Trantüte, aber er zeigte es nicht. Wunder ging der Ruf voraus, daß sie ihn in seiner Crew den alten U-Boot-Knaller nannten. Er hätte auch besser in eine Jazzkapelle gepaßt als auf den Turm von *U-Z*. Daß Henke Wunder wenig schätzte, äußerte sich in seinem stets mürrischen Ton.

Er fragte: »Welche Uhrzeit, I WO?«

In seiner unnachahmlich antimilitärischen Ausdrucksweise antwortete Oberleutnant zur See Wunder: »Vier Minuten vor dreiviertel zwölf.«

Kopfschüttelnd fragte Henke: »Und was bedeutet das auf Marinedeutsch?«

» 11.41 Uhr.«

»Warum denn nicht gleich? Sie hätten Trompeter bei der ersten Kavalleriedivision Kaiser Otto werden sollen, Wunder, und nicht das, was Sie hier vorgeben zu mimen.« Neue Befehle folgten: »Klarmachen zum Tauchen ... beide E-Maschinen ... fluten ... Tiefenruder beide fünfzehn unten ...«

Es gurgelte und zischte.

»Flutventile schließen. Trimmen.«

Der LI sagte an: »Dreißig Meter ... fünfunddreißig Meter...«

Tauchen war ein Vorgang, bei dem es in diesem maroden Kasten immer um Leben und Tod ging. Aber sie kamen glatt runter.

»Boot eingesteuert.«

»Flutventile geschlossen.«

Sie kamen gut voran und liefen im Gezeitenstrom ziemlich genau Kurs Nord, mehrere Stunden lang bis zum Eintritt der Dämmerung.

Der Obersteuermann meldete Sonnenuntergang.

Henke ließ auftauchen und mit beiden Dieseln halbe Fahrt angehen. Die Tauchtanks wurden mit den Dieselabgasen durchgeblasen, die Trimmung korrigiert, die Batterien nachgeladen.

»Wenn das Wetter so bleibt, sind wir bis morgen Mittag am Ziel.«

Der Funker erschien auf der Brücke. »Die Wettermeldung.«

Henke las sie von der Kladde herunter. »Nebel, Wind zwei Knoten aus Nordwest, insgesamt schlechter. Aber gut für uns.«

Funk- oder Leuchtfeuer gab es im Krieg auch bei Neutralen nicht. *U-Z* konnte sich nur auf seine eigene Koppelnavigation verlassen. Es tastete sich an die Küste heran. Die Tiefenrinne stimmte mit der Seekarte überein, auch ein paar alte Wracks lagen am richtigen Ort. Das Vorgebirge tauchte auf.

»Das müßte Bantry Bay sein, Herr Kaleu«, sagte Wunder.

»Wenn es nicht Bantry Bay ist, sind wir arm dran.«

»Dann sind wir eher Arm ab, Herr Kaleu.«

Sechs Mann suchten mit den Gläsern an der Kimm entlang. Alles Grau in Grau mit kleinen weißen Schaumstreifen.

»Verdammt vieles Geinsel hier.«

Irgendwann tauchte eine Fahrwassertonne auf. Auch die gekrümmte Form der Fahrrinne zwischen den Sandbänken machte sie sicher, daß sie sich der richtigen Insel näherten. Bei Dunkelheit gaben sie mehrmals Lichtzeichen, erhielten zunächst aber keine Antwort. Endlich fing der Funker ein Notsignal auf. Er bat um Peilton, den sie mit der Ringantenne einkreisten und ihren Kurs danach richteten.

»Zehn Dez nach Backbord.«

Bald hatten sie laut Echolot nur noch zwei Meter Wasser unter dem Kiel. Henke ließ stoppen, mußte aber mit E-Maschinen Position halten, weil der Ebbstrom sie abtrieb. Aus dem Dunkel wurden ihre Lichtsignale erwidert. Vierzig Minuten später pullte ein Schlauchboot herüber. *U-Z* nahm den Rest der Besatzung von *U-73* auf. Die Männer waren ausgefroren, hungrig und übermüdet. Sie wurden unten im warmen Boot versorgt.

I WO Wunder drängte: »Wir haben ablaufendes Wasser, nur noch ein Meter frei unter dem Kiel.«

»Werden schon nicht aufsitzen«, meinte Henke und zog das Boot langsam mit E-Maschinen zurück ins Fahrwasser und wendete. Als er glaubte, im tiefen Wasser zu sein, forderte er die Diesel an. »Beide halbe Fahrt.«

Eine Minute später raste er mit voller Pulle auf eine Schlickbank. Henke versuchte, das Boot noch mit Schwenken und alle Mann nach achtern und Trimmen herauszuziehen, geriet aber immer tiefer in den Mudd. Bald ging gar nichts mehr, weil sie eine Schraube verloren und die MAN-Kurbelwelle den Geist aufgab.

»Da sitzen wir nun arschlings«, bemerkte der Obersteuermann sarkastisch.

Sie saßen sogar arschlings auf dem Präsentierteller. Bis die nächste Flut auflief, vergingen locker sechs Stunden. Äußerlich versuchte Henke kühl zu bleiben. »Auf einem U-Boot ist es wie bei der Liebe – es kann immer alles passieren.«

Aber rechnen konnte jeder auf der Brücke. Bis die Flut hoch stand, war heller Tag. Mit Sicherheit hatte man die Operation vom Land aus beobachtet. Sie mußten also mit dem Schlimmsten rechnen. Von der französischen Kanalküste war keine Hilfe zu erwarten, kein Schlepper, nichts. Also lag *U-Z* dicht unter der Irischen Küste nahezu auf dem Trockenen.

»Ein Glück, daß Irland neutral ist«, meinte Wunder.

»Leider kein Grund, daß sie uns mögen.«

»Für die wäre es doch ein phantastisches Schauspiel«, schätzte der Obersteuermann, »wenn sie zuschauen könnten, wie uns die Luftwaffe Ihrer Britischen Majestät in den Grund bombt.«

Für die Stunde des Hochwassers ließ Henke alle Vorbereitungen treffen. Er ließ die Tanks ausblasen, auch die Trimmtanks. Da das Boot vorn festsaß, schickte er alle Mann nach achtern, und dann dämmerte der Morgen. Der britische Frühaufklärer, eine Spitfire, machte seine Patrouille. Kein Zweifel, er hatte die Deutschen gesehen. Jetzt kam *U-Z* zugute, daß man es so vernachlässigt hatte. Es war mehr rostbraun als grau, man konnte es für ein festliegendes Wrack halten. Die Spitfire bog zur allgemeinen Erleichterung ab. Endlich kam die Flut gurgelnd herein. Bevor die Spitfire ein paar Bomber anfordern konnte, hob die Flut *U-Z* und befreite es schmatzend von der Schlickbank. Mit allem, was der Diesel hergab, mit zugeschalteter E-Maschine, liefen sie Kurs Süd, direkt auf die französische Kanalküste zu. So locker, als wäre er die ganze Zeit so gewesen, richtete Henke ein paar Worte an seinen WO.

»Jetzt können Sie meinetwegen Ihre Trompete holen und für unseren Sieg einen blasen. Immerhin die erste Mission, die *U-Z* zufriedenstellend erfüllt hat.«

Wunder ließ sich die Trompete heraufreichen, setzte das Mundstück auf und befeuchtete es. »Was hätten Sie denn gern, Herr Kaleu?«

Henke überlegte lange. »Den Triumphmarsch aus Carmen.«

»Darf es auch der aus Aida sein, Herr Kaleu?«

»Carmen oder Aida, was spielt das für eine Rolle.«

Wunder setzte an. Schon nach den ersten Tönen wußte er, daß er nie besser gegen den Wind geblasen hatte.

Während der monotonen Rückfahrt, immer scharf Ausguck haltend, dachte Wunder, es stünde so ziemlich wie hundertprozentig fest, daß er niemals Kommandant eines U-Bootes werden würde. Er wollte es auch niemals werden. Dieser Henke jedoch hatte nie etwas anderes im Sinn gehabt, als Karriere zu machen, Auszeichnungen zu kriegen und ein eigenes Boot zu bekommen. Aber ein Kommandant von Gottes Gnaden war er deshalb trotzdem nicht.

Dreißig Stunden später liefen sie in Brest ein. Kapitänleutnant Henke mit geschwellter Brust. Hatte er den auf *U-Z* lastenden Fluch endlich durchbrochen. Zumindest sah es im Augenblick so aus. Er konnte ja nicht wissen, auf welch grausame Weise er den Tod finden würde.

Fersengeld

Am Morgen fuhr Dr. Mike Fox nach Oakridge und suchte den Altwagenhändler auf. Harpers tintenblauer 60er Buick stand noch so, wie ihn Annie beschrieben hatte, auf dem Verkaufsplatz. Preis vierhundertachtzig Dollar.

»Verhandlungssache«, sagte der Händler, »aber ein gutes Auto.«

Fox heuchelte Interesse. Innen hatte man die Limousine mit einem scharfen Putzmittel gereinigt. Die Türverkleidung machte den Eindruck, als habe man sie entfernt und wieder angebracht. Vielleicht auch erneuert.

»Nur ein kleiner Unfall«, log der Händler auf die diesbezügliche Frage.

Fox kroch unter den Buick und suchte eine bestimmte Stelle. Sie lag am Ende des x-förmigen Kastenrahmens, wo das Fahrgestell die Hinterachse an Blattfedern führte. Dort entdeckte er eine schwarz überpinselte Schweißnaht. Sie war etwa dort, wo auch an seinem Chevy das Agentenfunkgerät versteckt eingebaut gewesen war. Nun wußte er genug. Das FBI hatte das Gerät gefunden, weil man gezielt danach gesucht und John Harper ohnehin in Verdacht gehabt hatte.

Fox kroch unter dem Buick hervor, klopfte den Dreck von der Hose und sagte: »Ich überlege es mir.«

In einer Bar an der Mainstreet nahm er einen Kaffee. Dabei schrieb er alles auf, was er ermittelt hatte. Den Umschlag adressierte er an einen Verbindungsmann in Kanada und warf ihn ein. Danach rief er Annie an.

»Kann ich noch einmal vorbeikommen und bei dir übernachten?« fragte er.

»Das solltest du sogar dringend, Mike«, antwortete sie. »Die zwei G-Men vom FBI waren soeben wieder da. Sie wollen dich sprechen.«

Der Schreck trocknete Dr. Fox den Mund aus. Er konnte sich denken, warum sie ihn suchten. Der Autoverkäufer wußte, daß der blaue Buick von der Bundespolizei gefilzt worden war, und hatte Anweisung, alle Interessenten, die sich in auffälliger Weise für das Auto interessierten, sofort zu melden. Hinzu kam, daß Fox' Chevy ein Hanford-Kennzeichen führte. Rasch hatte das FBI eins und zwei zusammengezählt und sich Annie wieder vorgeknöpft.

»Dann bis später, Darling«, sagte er und hängte den Hörer an die Gabel. Leider würde er niemals wieder in den Genuß der Dame kommen, die mindestens so scharf war wie ihr Chili con carne.

Er tankte voll und verließ den Staat Tennessee eilends in nördlicher Richtung. Bis zur Dunkelheit schaffte er es bis Lexington in Kentucky. In Cincinnati nahm er den Highway bis Toledo. In Ohio Detroit suchte er einige Zeit herum, schraubte von einem geparkten Chrysler das Nummernschild ab und wechselte es gegen das seine. Wie von Furien gehetzt hing er am Lenkrad, bis er vor Müdigkeit nicht mehr länger konnte. In einem stillgelegten Steinbruch schlief er mehrere Stunden. Gegen Abend nahm er an der

Road 33 einen Imbiß, tankte voll, kaufte einen Benzinkanister, den er ebenfalls füllen ließ. In den Nachtstunden kam er fast bis Kanada.

Klar, daß sie ihn in allen Staaten suchten. Er war Geheimnisträger. Er arbeitete im Plutoniumwerk im Columbiatal, hatte Umgang mit den Wissenschaftlern des Manhattan-Projekts, hatte sich bei John Harpers Witwe sehen lassen, hatte den blauen Buick besichtigt und war abgehauen – aber dieses Nordamerika war unendlich groß und weit. Gewiß hatte das FBI noch andere Sorgen, als einen mutmaßlichen Feindagenten zu suchen. Doch damit es ihm nicht erging wie John Harper, mußte er jetzt die USA verlassen. Von Marguerite aus waren es noch dreihundertzwanzig Meilen bis zur Grenze. Die Fähre brachte ihn über den Huron See.

In der dritten Nacht nach seinem fluchtartigen Abgang aus Tennessee überquerte Fox bei Sault Ste. Marie die Grenze. Das erste, was er in Kanada tat, war, anzuhalten, um zu pinkeln.

Der Canaris-Agent Custer, der den flüchtigen Dr. Fox nun endlich ausfindig gemacht hatte, hielt unauffällig Kontakt zu ihm. Er achtete darauf, daß er immer wußte, wo sich Dr. Fox aufhielt, ob er bei der Vermieterin Mery-Lou im Haus blieb oder in die Berge fuhr oder mit Freunden ausging, sei es zum Bowling oder um sich in Männergesellschaft zu betrinken. Nach wie vor galt die Anweisung aus Berlin, wonach Dr. Fox zu eliminieren sei. Doch plötzlich, von einem Tag zum anderen, war Dr. Fox verschwunden. In einer Bar hatte er noch einen unbekannten Mann getroffen, und dann war er abgezischt.

Custer folgte seiner Spur quer durch den Süden bis Oakridge, wo sich eine andere Fabrik befand, die sich mit der Reinigung des Urans 235 befaßte. Auch dort hielt sich Fox nur kurze Zeit auf, offenbar, um Dinge herauszufinden, die er an irgendwelche Leute meldete. Gewiß handelte es sich dabei um Bekannte aus den Zirkeln der amerikanischen Kommunistischen Partei, mit denen Fox heimlich verkehrte. Vermutlich waren es sogar sowjetische Agenten.

Zweifellos fürchtete Dr. Fox, daß man ihn festnehmen und enttarnen würde, und floh nun nach Kanada. Nur mit großer Mühe konnte Custer Kontakt zu ihm halten. Über sein Funkgerät meldete Custer aus dem kanadischen Montreal, daß er bereit sei, den Finalschuß bei Dr. Fox anzubringen. Binnen kurzem trafen aus Berlin verschlüsselte Funksprüche mit einer neuen Order ein. Sie lautete: OPERATION FOX STOPPEN – KONTAKT HALTEN.

Möglicherweise war man in Berlin zu der Erkenntnis gekommen, daß Fox durch seine Zusammenarbeit mit den Manhattan-Wissenschaftlern mehr über den Stand der amerikanischen Atomforschung wußte, als er an Wissen aus Deutschland mitgebracht hatte. Der letzte Funkspruch aus Berlin endete lapidar: DR. FOX IST UNS LEBEND WICHTIGER.

Custer klebte an Dr. Fox auch in Quebec wie ein Schatten. Der Wissenschaftler traf sich in mehreren Lokalen mit unauffälligen Männern. Er führte Gespräche und bekam auch immer wieder Material zugesteckt. Custer vermutete, daß Fox hier die Unterstützung der Kommunistischen Partei erhielt und daß dies nicht ohne Eigennutz geschah. Eines Morgens, als Dr. Fox sein billiges Hotelzimmer verließ, verschaffte sich Custer dort Zugang und durchsuchte es. Er fand gewisse Unterlagen, die Fox zwar versteckt hatte, die zu finden einem Profi aber keine Schwierigkeiten bereitete. Zwischen Bettlaken und Matratze lag ein russischer Paß, ausgestellt von einer Behörde in Moskau, mit einem nagelneuen Bild des Wissenschaftlers. Es gab noch einige Schreiben in Russisch, die zu entziffern Custer nicht die nötige Zeit hatte. Allerdings fand er etwas Hochinteressantes, nämlich ein Passageticket für den russischen Kombifrachter *Cruisenstern*, der neben Ladung auch einige Passagiere mitnehmen konnte. Die *Cruisenstern* sollte mit einem britisch-kanadischen Geleitzug, der in diesen Tagen in der St. Lorenz Bay zusammengestellt wurde, Kanada in Richtung Murmansk verlassen und den sibirischen Eismeerhafen anlaufen. Der Geleitzug sollte die Kennzeichung *QX-154* erhalten. Möglicherweise bezog sich die Nummer auf den Auslauftermin 15. April.

Diese neuesten Erkenntnisse funkte Custer zu Canaris nach Berlin.

Hunger, Dreck und Läuse

Bei ihren Wanderungen mit dem Bund Deutscher Mädchen hatte Margarethe Siebenlist Lagerfeuerromantik kennengelernt. Ebenso das Schlafen in nassen Zelten und auf kalter Erde. Aber das hier, in dieser Rindenhütte in den Sümpfen der polnischen Grenzwälder, war an Komfort kaum zu unterbieten. Die polnischen Partisanen hatten selbst kaum zu essen, und das Wenige teilten sie auch nicht mit ihr. Ab und zu bekam sie einen Becher mehr lauwarmes Wasser als Tee und einen Kanten verschimmeltes Kommißbrot. Bedroht und geschlagen wurde Margarethe nicht mehr, seitdem dieser große, gutaussehende Offizier im Lager der Partisanen aufgetaucht war. Er übte keine Befehlsgewalt aus, genoß aber hohe Autorität und spielte offenbar die Rolle eines Ausbilders oder Koordinators. Seine Uniform in polnischem Grün ohne Rangabzeichen war immer fleckenlos und frisch gebügelt wie aus der Reinigung. Er sprach polnisch, aber auch russisch, polnisch jedoch mit Akzent. Wenn es bei russischen Offizieren groß in Mode war, Maiglöckchenparfüm zu verwenden, so verbreitete dieser Mann Veilchenduft, vermutlich, um sich deutlich abzusetzen. Die Polen redeten ihn nicht mit Namen an, sondern entweder mit Genosse oder Kommissar.

Täglich widmete sich der Offizier der deutschen Gefangenen und hatte schon eine Menge aus ihr herausgeholt. Doch ständig fielen ihm neue Fragen ein, die er wohl von seiner übergeordneten Dienststelle erhielt.

Er riß den aus alten Säcken bestehenden Vorhang beiseite und reichte der Gefangenen eine Zigarette mit Pappfilter, den man doppelt zusammenkneifen mußte.

»Danke. Echte Machorka.«

»Wie kommt eine Frau wie du zur SS?« begann er.

»Ich bin gar keine besondere Frau«, antwortete Siebenlist, »und wie das Leben eben so spielt.«

»Du bist kaum Ende Zwanzig und schon weit oben. Gewiß hast du hohe Verdienste.«

»Auch das Gegenteil davon«, gestand sie, aber nicht etwa, um sich bei ihm einzuschmeicheln.

»Warum schickt man eine Frau wie dich zur Partisanenbekämfung?« wollte er wissen.

»Strafversetzung zwecks Frontbewährung«, erklärte sie.

»Was hast du ausgefressen?«

Sie überlegte nicht lange, denn sie hatte Fragen und Antworten, die auf sie zukommen würden, längst durchgespielt. »Ein junger Wissenschaftler konnte angeblich durch mein Verschulden ins Ausland entkommen.«

Der Offizier wurde hellhörig. »Dann muß er ein wichtiger Mann sein.«

»Physiker«, sagte sie. Sie warf ihm immer einige Brocken hin, um sich interessant zu machen, denn sie verfolgte ein ganz bestimmtes Ziel.

Der Offizier zeigte sich überraschend gut informiert. »Peenemünde, Raketen«, kreiste er ein. »Wernher von Braun?«

»Nuklearforschung«, deutete sie an.

»Ähnlich dem Manhattan-Projekt in den USA?« wollte er wissen.

Sie zuckte mit den Schultern. «Dort sitzt er jetzt wahrscheinlich warm und trocken.«

Der Offizier ließ sich den Namen buchstabieren und schrieb ihn auf sowie weitere Details. Plötzlich wechselte er das Thema. »Rechnest du mit deiner baldigen Befreiung?«

»Durch wen?« wollte sie wissen.

»Durch deutsche Fallschirmjäger. Von hier bis zur Grenze steht eine riesige Armee. Ihr Deutschen werdet doch Rußland angreifen.«

»Schon möglich.« Sie zögerte. »Vielleicht.«

»Hat das Unternehmen nicht den Namen Barbarossa?«

»Barbarossa ist eine Studie des Generalstabs«, wich sie aus.

»Wann soll es losgehen?«

Darüber konnte sie nur lächeln.

»Natürlich wenn der Aufmarsch beendet ist. Soviel wir wissen, wollte Hitler schon Ende April losschlagen«, tippte er.

»Wenn in Rußland die Rollbahnen abgetrocknet sind«, vermutete sie.

»Doch nun kam ihm der Balkan, Jugoslawien, dazwischen«, fuhr der Offizier fort. »Ich bin sicher, du kennst das genaue Angriffsdatum.«

Sie wich aus, aber nur, damit sich der Haken bei ihm noch fester ins Fleisch biß. »An einen Krieg glaubt ja nicht einmal Stalin im Kreml«, äußerte sie.

»Aber unser Armee-Stab fürchtet sich davor. Wir müssen den genauen Zeitpunkt wissen. Und dir ist er bekannt. Wenn du deine Lage verbessern willst, dann nenne mir den Tag und die Stunde. Obst, Zigaretten, anständiges Essen und eine Tafel Schokolade«, versprach er.

Nun zog sie ihre Schachfigur auf das Feld, von dem aus sie siegreich weiterkommen würde. Langsam begann sie zu sprechen: »Wenn ich etwas weiß, dann ist es von höchster Geheimhaltungsstufe. Das kann ich untergeordneten militärischen Instanzen nicht preisgeben.«

Er zog die Mundwinkel ein wenig straffer nach unten und bohrte zynisch: »Welche Instanz wäre dir angenehm?“

»General Maximow«, sagte sie, ohne lange zu zögern.

»Das ist einer der ersten Männer des KGB, höher geht es wohl nicht?«

»Maximow, oder ich sage kein einziges Wort, und wenn man mich umbringt. Los, drücken Sie mir den Lauf Ihrer Makarow an die Stirn.«

Der Offizier kniff die Augen schmal und schien noch etwas versuchen zu wollen. »Ich habe keine Verbindung zu den Russen«, äußerte er.

Da fing sie zu lachen an, wenn auch gequält. »Ich hatte die beste denkbare Schulung bei der Gestapo, Genosse Kommissar«, erwiderte sie. »Sie halten Kontakt zu den Russen, denn Sie sind selbst Russe und als Verbindungsoffizier hier bei den Partisanen. Sie bereiten hier doch schon Gegenmaßnahmen für den Fall eines Angriffs vor. Machen wir ein Geschäft. Sie bringen mich zu General Maximow, und ich werde ihm vorschwärmen, was für ein vorzüglicher Offizier Sie sind.«

»Soll ich mich dafür bedanken?« fragte er ironisch.

In einer der nächsten Nächte holte ein geländegängiges Fahrzeug sie ab, brachte sie in stundenlanger Fahrt über Knüppeldämme aus dem sumpfigen Waldgebiet heraus zu einer offenen Grasfläche. Dort landete bei Dunkelheit ein Flugzeug, ein Hochdecker, eine speziell für kurze Landebahnen gebaute russische Iljuschin. Die Beschriftung innen in der Kabine war in kyrillischen Buchstaben ausgeführt. Nachdem das Flugzeug hoppelnd und nach weiten Sprüngen endlich in der Luft war, hatte Obersturmführer Margarethe Siebenlist nicht mehr den geringsten Zweifel, daß sie entweder in Kiew, Leningrad oder Moskau landen würden.

Alle für keinen – keiner für alle

Die beiden Herren trugen Marineuniformen, schlicht blau mit etwas Gold. Der Jüngere hatte weniger Ärmelstreifen, der Alte die eines Admirals. Der Jüngere war Kapitänleutnant Henke, Kommandant von *U-Z*, der hagere strenge Alte Befehlshaber der U-Boote. Normalerweise sprach er mit Untergebenen im Tonfall von Bootsmaaten. Nur wenn er ein besonderes Anliegen hatte, bekam seine Stimme einen freundlichen Klang.

»Ihr Boot wieder einsatzklar, Henke?«

»Bis auf weiteres, Herr Admiral!«

»Ihr *U-Z* ist für eine besonders ehrenvolle Aufgabe vorgesehen, Henke«, begann der BdU.

Da wußte Henke gleich, daß es sich um ein Himmelfahrtskommando handelte. Aber dem erfolglosen *U-Z* schob man ja nur solche Unternehmungen zu. Das Boot galt als die größte Trauerröhre der U-Boot-Flotte des großdeutschen Reiches.

Kalt lächelnd, setzte ihn der BdU ins Bild mit einer kurzen Vorrede: »Ich möchte Sie von meiner Idee überzeugen, und ich denke, meine Idee überzeugt. Zwischen Island und Grönland schleichen viel zu viele feindliche Einheiten durch und fühlen sich kaum bedroht. Deshalb übernehmen Sie zunächst achtzehn Minen als Decksladung, zehn Magnetminen, acht Treibminen. Die bringen Sie über den Nordatlantik bis in die Dänemarkstraße. Dort herrscht heftiger Verkehr. Geleitzüge, Einheiten der britischen Flotte und Grobzeug. Im Augenblick haben wir keine U-Boote mehr dort stehen, denn ich brauche sie alle im Mittelatlantik. Wir müssen dem Gegner jedoch zeigen, daß wir noch da sind.«

Es wurde nicht darüber gesprochen, daß Henkes Boot vom Typ VII-C als Minenleger völlig ungeeignet war.

Deshalb erklärte der BdU weiter: »Bei Ihrer Bauwerft, der Krupp-Germania in Kiel, kriegen Sie Hangar, Deckschienen und Ösen für die Verankerung der Minen. Wo Sie die Minen im einzelnen absetzen, erfahren Sie vom Stabschef. Ich wünsche Ihnen viel Erfolg und gesunde Rückkehr. Und essen Sie tüchtig durch, Henke, Sie sehen recht blaß aus. Gehen Sie mal zum Stabsarzt.« Das war das höchste an privaten Bemerkungen, was man von Dönitz erwarten konnte. »Wir rechnen damit, daß Sie um den 5. Mai herum auslaufen können«, fügte er noch hinzu.

Eines der Telefone auf dem Schreibtisch des BdU schrillte. Der Admiral kümmerte sich nicht weiter um Henke. Er war entlassen.

In der Werft bekam das Boot vor und hinter dem Turm einen druckfesten Hangar und Schienen für die Abrollgestelle der Minen sowie Halteschäkel für die Stahltrossen eingeschweißt. Am Ausrüstungskai übernahm *U-Z* die Minen.

Henke sagte zu seinem WO, Oberleutnant Wunder: »Versuchen Sie, die Trimmrechnung zu erstellen, aber ordentlich. Die Deckslast erhöht unseren Schwerpunkt.«

»Um neun Tonnen«, sagte Wunder, der im Kopfrechnen nie ganz schlecht gewesen war. Er konnte sich ja auch Hunderte von Melodien merken. »Das wird hart für das Boot, Herr Kaleu.«

»Der BdU hält den Einsatz für absolut nötig. Er will einfach immer nur das Unmögliche.«

Der Obersteuermann war hinzugekommen, und Wunder fragte: »Kennen Sie den Unterschied zwischen Gott und dem BdU?«

Henke schien einen abwertenden Witz zu erwarten und zeigte wenig Interesse, doch Wunder ließ sich nicht halten. »Gott weiß alles«, gab er zum Besten, »Dönitz weiß alles besser.«

»Das klingt defätistisch, I WO«, rügte Henke.

»Soll ja kein Mißtrauensbruch sein, Herr Kaleu.«

Mit den Minen an Bord wurde die Wasserlage des Bootes taumelig wie der Gang eines Zwerges mit dünnen Beinen und Wasserkopf. Sie trimmten den Schwerpunkt in den Tanks tiefer, liefen dann durch den Kaiser-Wilhelm-Kanal und von Cuxhaven aus in die Nordsee. In Helgoland machten sie noch einmal kurz fest, zum Empfang detaillierter Geheimorder.

Dann hieß es: »Klar zum Manöver ... vorn und achtern klar ... Leinen los bis auf achterne Spring ... langsame Fahrt zurück ... Bug schert aus ... Maschine stopp ... Achterleine beiholen ... langsame Fahrt voraus ... Diesel 300 Umdrehungen ...«

Auf dem Weg an der Küste entlang mit Kurs Skagerrak und Norwegen gerieten sie in schlechtes Wetter. Das konnte ihnen nur recht sein. Wer nichts sah, der konnte auch nicht gesehen werden. Querab von Ejsbjerg gingen sie auf Westkurs 260 Grad. Das hochlastige Boot arbeitete schwer in der See. *U-Z* rollte immer stärker. Sicherheitshalber ließ Henke mehrere Tauchversuche machen. Die Befehle kamen routinemäßig rasch.

»Klar machen zum Tauchen! Diesel auf E-Maschinen umschalten! Achtung bei Entlüftungen … tauchen … es wird geflutet … beide Tiefenruder hart unten … eins, zwo, beide … Boot schneidet unter … auf Seerohrtiefe gehen … vierzehn Meter eingesteuert … Boot ist durchgependelt … Entlüftungen schließen … nachtrimmen … zweimal hundert nach achtern.«

Das Boot ließ sich unter Wasser einigermaßen steuern.

Wunder, noch die Stoppuhren in der Hand, meldete: »Tauchzeiten verlängert. Über hundert Sekunden.«

Für den Weg bis zur Engstelle zwischen Grönland und Island hatten sie zweitausendfünfhundert Meilen vor sich. Bei zwölf Knoten Fahrt dauerte das etwa zehn Tage. Immer wieder hatten sie Begegnungen mit feindlichen Vorpostenbooten oder Bewachern. Entweder sie sichteten sie rechtzeitig und tauchten, oder der Horchraum meldete sie sehr frühzeitig, und sie wichen ihnen aus. Auf diese Weise glaubten sie, sich unbemerkt bis in ihr Operationsgebiet am Polarkreis und 20 Grad West angeschlichen zu haben.

In einer der meist hellen Nächte machten sie sich bereit zum Werfen der Minen. Mit den Spezialisten ging I WO Wunder, Tauchretter umgeschnallt, an Deck, um die Sprengkörper zu entschärfen. Dann nahm das Boot äußerste Geschwindigkeit auf, damit es mit den Minen, die ins Meer rauschten, nicht selbst kollidierte.

In der Strömung würden sie sich verteilen, und die alliierten Nachschubeinheiten würden sich wundern, wenn ihre Pötte plötzlich hochgingen.

Um seine Deckslast erleichtert, nahm *U-Z* jetzt Nordostkurs, lief südlich um Island herum Richtung Norwegen. Es funkte verschlüsselt die Meldung »Operation durchgeführt« und gab die bei U-Booten übliche Wetterberichte ab.

Sie gerieten in Treibeis und Graupelschauer. Nebelbänke taten sich plötzlich auf, dann wieder stand ihnen eisiger Nordost entgegen. Die Eisschollen schlugen dumpf gegen die Bootshülle. Die Stimmung an Bord war trotzdem gut. Die Männer rechneten sich aus, daß sie in einer Woche wieder zu Hause sein würden, wo der Frühling schon in voller Blüte stand.

Für den Rest der Operation hatte *U-Z* freie Jagd auf jede Art von Gegner, aber es zeigte sich kaum etwas Lohnendes.

U-Boot-Besatzungen schätzten tüchtige Offiziere, auf die sie sich verlassen konnten. Denn davon hing ihr Leben ab wie kaum bei einer anderen Waffengattung. Deshalb war Oberleutnant zur See Wunder nicht sonderlich geachtet. Allgemein hieß es, er sei eine Null. Auch der Kommandant, Kapitänleutnant Henke, der Wunders Führungsbogen kannte, hielt nur geringen Kontakt zu ihm. Besser verstand er sich mit seinem II WO, einem erfahrenen ehemaligen Obersteuermann, einem Offizier aus dem Mannschaftsstand. Sie hatten aber auch einen tüchtigen LI.

In diesen Tagen ging es Kommandant Henke nicht besonders gut. Der BdU hatte ihn bei ihrem letzten

Gespräch schon besorgt gemustert. Wegen seiner knochigen Blässe hatte er Henke sogar geraten, beim Flottenarzt vorbeizusehen. Henke hatte alle Beschwerden mit geringfügigen Magenschleimhautproblemen erklärt. Aber nach dem Grönlandeinsatz ging es Henke schlecht. Er konnte kein Essen mehr behalten, nicht einmal Weißbrot und Rührei.

Zwei Tage später, südwestlich der Lofoten, bekam er fürchterliche Bauchkrämpfe mit Fieber. Er wand sich vor Schmerzen, so daß ihm der Sani Morphium spritzte. Es gab da ein U-Boot-Handbuch für medizinische Nothilfe.

»Damit kann ich Geburtshilfe leisten«, sagte der Sani, »was auf U-Booten selten vorkommt.«

Ehe Wunder das Handbuch studierte, sagte der II WO: »Schätze, das ist der Blinddarm. So was hatte ich mal auf meinem Fischdampfer. Der Mann ging kopheister!«

Anhand des medizinischen Leitfadens konnten in U-Booten auf See sogar Notoperationen durchgeführt werden. Ehe man sich zum Äußersten entschloß, verstarb Kapitänleutnant Henke mit hohem Fieber an einem Darmdurchbruch in die Bauchhöhle. Es war 17 Uhr nachmittags. Man meldete den Vorfall an den BdU und bestattete den Kaleu auf See. Automatisch wurde Wunder das, wozu er sich nie qualifiziert hatte, nämlich Kommandant eines U-Bootes. Auch wenn es nur ein eiserner Sarg war wie *U-Z*.

Wunder lag auf der Kommandanten-Koje und versuchte zu schlafen. Er war müde, doch an Schlaf war nicht zu denken. Immer wieder kreiste es wild in seinem

Kopf. Gestatten, mein Name ist Charly Wunder, Oberleutnant zur See, Kommandant von *U-Z*. Ich trage Verantwortung für beinahe sechzig Mann. Deshalb kann ich nicht schlafen.

Er hatte Angst vor Alpträumen.

Den Letzten treffen die Torpedos

Der Commodore blickte über einen Wald von Masten und Schornsteinen. In der Bay, wo die Flußmündung des St. Lorenz sich zum Meer hin öffnete, lagen sechsunddreißig Schiffe versammelt, Frachter mit zusammen mehr als hundertfünfzigtausend Tonnen.

»Das Problem ist das Alter der Pötte«, sagte der Konvoiführer zu dem britischen Admiral. »Manche sind vierzig Jahre alt, Baujahr 1900. Die haben schon im 18er-Krieg Waffen und Munition gekarrt. Das sind die uralten mit den Kolbendampfmaschinen. Sie machen noch fünf Knoten. Die neuen Frachter mit den Dampfturbinen oder Dieseln laufen mehr als doppelt so schnell, können das aber nicht ausnützen. Das Geleit richtet sich nach dem Langsamsten.«

»Weiß ich«, bemerkte der Commodore seufzend. »Geschwindigkeit bedeutet überleben. Und Langsamkeit bedeutet Tod, Sir. Im Süden, etwa von Norfolk nach Schottland, laufen die schnellen Einzelfahrer stets allein und ohne Bewachung. U-Boote kommen an die nur schwer heran, deshalb bleiben sie meistens unbehelligt.«

»Dafür wird der *XQ*-Konvoi stark bewacht.«

»Auch nur von alten Zerstörern und U-Boot-Jägern, Sir.«

Beide wußten sie, warum, sprachen es aber nicht aus, daß Konvois, die nach Norden zu den russischen Eismeerhäfen gingen, in den Augen des Ersten Seelords offenbar weniger wichtig waren als Konvois, die England direkt mit Lammkoteletts versorgten.

»Wann können Sie auslaufen, wann haben Sie Ihren Haufen beisammen?« fragte der Admiral den Konvoiführer.

»Übermorgen, Sir!«

»Also mit einem Tag Verspätung.«

»Dabei wird es erfahrungsgemäß nicht bleiben. Einer von den alten Kohlekochern fällt ja doch aus.«

»Dann Mast- und Schotbruch«, wünschte der Admiral. »Treiben Sie Ihre Küken zusammen.«

Der Konvoi lief zunächst mit Kurs Neufundland. Schon nahe Halifax meldete der erste Dampfer Kondensatorschaden, und der zweite hatte Defekt an der Rudermaschine. Sie wurden in eine neufundländische Werft entlassen. Ein älterer Zerstörer begleitete sie. Mit zehn Stunden Verspätung setzte der Konvoi seinen Kurs fort und steuerte jetzt die Südspitze von Grönland, Kap Farewell, an. Von da ab bis zum Einlaufen in die Grönlandstraße würden sie noch einen Tag und eine Nacht brauchen. Der Konvoiführer forderte die Kapitäne ständig auf, sie sollten ihre Position halten und gestaffelt laufen, um die Arbeit der Bewacher, die den Konvoi ständig umkreisten, zu erleichtern. Trotzdem passierte es in der Nacht zweimal, daß am Ende des Geleits Explosionsbälle aufloderten. Zweifellos Torpedotreffer. Also waren deutsche U-Boote in der Nähe. Jetzt endlich folgten die Dampferkapitäne dem Befehl, sich enger zusammenzuschließen. Bis zum Einlaufen in die Dänemarkstraße erwischte es noch einen Tanker.

Nur der russische Frachter *Cruisenstern* dampfte abseits der Gefahrenzone und blieb unbehelligt. Auf dem russischen Kombischiff, das mit Lastwagenreifen und GMC-Motoren vollgeladen war, verlief das Leben normal. Einige Männer der Besatzung veranstalteten an Deck Eiskegeln. Doch wenn es zu kalt wurde, gaben sie sich in der geheizten Messe dem Essen, dem Kartenspielen und dem Wodka hin. Nicht selten, beinahe regelmäßig, gesellte sich zu ihnen ein etwa dreißigjähriger blonder Mann, der recht gut englisch sprach, aber kaum Russisch verstand. Auf irgendeine Weise machten unter den Besatzungsmitgliedern Einzelheiten über ihn die Runde. Er war angeblich Atomphysiker, sein Name Dr. Mike Fox.

Die lärmende Fröhlichkeit der Männer war nur aufgesetzt. Zweifellos hatten sie Angst, es könnte auch ihr Schiff erwischen.

»Immerhin haben die Hunnen jetzt schon zehn Prozent des Konvois zusammengeschossen«, rechnete ein Decksmann vor.

»Weißt du, wie kalt das Wasser draußen ist?«

»Na klar, wenn unser Vordeck schon mit einer Eisschicht überzogen ist.«

»Höchstens zwei bis drei Grad.«

»Da bist du schnell tot.«

»Aber angenehm stirbt sich's nicht.«

Sie alle wußten, daß es besonders kritisch werden konnte, wenn sie erst die Dänemarkstraße verließen und der Konvoi dann Kurs quer über das Eismeer Richtung Nordkap einschlug.

Der Funker, der immer alles etwas früher wußte, versuchte, seine Kameraden zu beruhigen. »Die *Home*

Fleet ist unterwegs, um uns in ihre Arme zu schließen«, sagte der Kirgise.

»*Home Fleet*, was ist das?«

»Die gesamte britische Heimatflotte.«

»Na ja, dann«, meinten sie, »auf die Engländer kann man sich einigermaßen verlassen.«

Womit er nicht unrecht hatte. Im Vergleich zum russischen Schlendrian herrschte bei den Engländern noch Nelsonsche Disziplin und Verläßlichkeit.

Griff ins Eingemachte

Sie trafen sich in Berlin bei der Obersten Marineleitung im Büro von Großadmiral Raeder. Alles hochrangige Leute, Obergruppenführer Sauerbrunner, Admiral Canaris und Marinestrategen. Der Rangniedrigste unter ihnen war Kapitän zur See. Es ging um die neue Lage im Küstenbereich, in den verschiedenen Ozeanen und am Ende um den geflüchteten Wissenschaftler Dr. Fox.

Canaris steuerte dazu bei: »Ich habe Funkmeldung aus Kanada, daß Dr. Fox auf der Flucht vor dem FBI mit dem nächsten Geleitzug, der in der Bucht von St. Lorenz abgeht, nach Rußland reisen wird, und zwar auf dem Frachter *Cruisenstern.*«

Der untersetzte Sauerbrunner, der ziemlich blaß war, ein Mann, der kaum einer menschlichen Rührung fähig war, fragte Canaris: »Wenn Ihr sogenannter Spitzenagent, der vermutlich auch ein Meisterkiller ist, sich so schattennah an Dr. Fox bewegt, warum hat er ihn nicht längst umgelegt?«

Canaris stand mit den Händen auf den Kartentisch gestützt da und überhörte die Frage, bis Sauerbrunner sie wiederholte.

»Auf meinen Befehl hin«, erwiderte Canaris etwas flüchtig.

»Der nicht unseren Abmachungen entspricht«, reagierte Sauerbrunner zynisch. »Aber Sie sind ja klüger als wir.«

Wie immer gab sich Canaris diplomatisch: »Vielleicht nur schlauer.«

Sauerbrunner wollte ihm das nicht durchgehen lassen: »Nur denke ich vielleicht ökonomischer als Sie, Canaris. Dieser Dr. Fox hat eine Menge von unserer Forschung mitgenommen.«

»Eher weniger«, schätzte Canaris, »denn allzuweit waren unsere Leute ja nicht. Was Fox also mitgenommen hat, war kleines Gepäck im Vergleich zu dem, was er bei den Amerikanern über die Manhattan-Bombe erfahren haben dürfte. Deshalb müssen wir ihn lebend kriegen.«

Kopfschüttelnd und breitbeinig wippte Sauerbrunner in den Knien. Irgendwie kam er sich bei diesen arroganten Marineoffizieren immer wie ein kleines SS-Würstchen vor. »Schön, schön, Sie wollen ihn also lebend. Wie denken sich die Herren das bitte, wenn Sie Ihren Plan bis jetzt schon nicht einhalten konnten?«

Nun ergriff Raeder das Wort. Er beugte sich über den mehrere Quadratmeter messenden Tisch, bedeckt mit Seekarten des nordatlantischen Raums bis hinauf zum Eismeer. Zwischen Norwegen und Neufundland war der Weg des geplanten Geleitzugs *XQ-145*, der mittlerweile Richtung Murmansk lief, mit roten Fähnchen markiert.

Raeder führte dazu aus: »Eigentlich sind es drei Geleitzüge. Von dem, auf den es ankommt, kennen wir den ungefähren Kurs und die Geschwindigkeiten und wissen, daß der russische Frachter *Cruisenstern* zu ihm gehört. Dort hat sich Dr. Fox eingeschifft. Wir müssen also den Konvoi stoppen, die *Cruisenstern* aufhalten und den Knaben in unsere Hand bringen. Eine andere Chance haben wir nicht. Nur diese eine.«

»Handstreichartig.«

»Allerdings ein äußerst schwieriges Kommandounternehmen.«

»Und wie, bitte, soll das vor sich gehen?« wollte der taktisch ungebildete Sauerbrunner wissen.

Dafür hatte Raeder schon einen Plan. Allerdings wollte er ungern damit herausrücken, denn er würde auf Protest stoßen. Notgedrungen machte er zunächst nur Andeutungen: »Wir werden in einem überraschenden Schlag mit stärksten Kräften gegen jede nur denkbare britisch-kanadische Übermacht den Konvoi angreifen.«

»Stärkste Kräfte, haben wir die?«

Nun mußte Raeder offen reden. Er benötigte dafür ein Zauberwort: »In einem norwegischen Fjord liegt untätig das modernste und stärkste Schlachtschiff der Welt, die *Bismarck.*«

»Der Augapfel des Führers«, ergänzte Sauerbrunner schnarrend.

Der immer etwas ironische Canaris wandte ein: »Um was geht es hier eigentlich? Um einen Augapfel oder um die Baugeheimnisse der verheerendsten Waffen aller Zeiten?«

Daraufhin wußte Sauerbrunner nicht mehr allzuviel zu erwidern. Er bestand nur noch darauf, die Einsatzpläne für die *Bismarck* vorgelegt zu bekommen. »Dann versuche ich, das dem Führer beizubringen«, versprach er.

Gegen Ende der Konferenz galt die große Operation mit dem Schlachtschiff *Bismarck* als beschlossene Sache. Wie ein waffenstarrendes Ungeheuer sollte das Schlachtschiff aus seinem Fjordversteck hervorstoßen und unter dem Geleitzug *XQ-145* aufräumen wie ein Wolf unter einer Herde Schafe.

So unfreundlich, wie er am Anfang war, verließ Sauerbrunner die Runde. Er verabschiedete sich mit den Worten: »Ich sehe Sie gern wieder, meine Herrn Kameraden.«

»Wir Sie auch«, äußerte der stets vornehme Raeder.

Doch als Sauerbrunner draußen war, ergänzte Canaris: »Aber nur von hinten!«

Die *Bismarck*-Tragödie

»Schiff klarmachen zum Auslaufen.«

Das war einer der entscheidendsten Befehle seines Lebens, den Admiral Lütjens, Kommandant des Schlachtschiffes *Bismarck*, an diesem Vormittag im Mai 1941 erteilt hatte.

Tanker kamen längsseits und füllten die Treibstoffbunker der *Bismarck* bis oben hin mit Schweröl, einem Restprodukt, das bei der Raffinierung von Erdöl anfiel und das die Russen Masut nannten. Zwei Schlepper räumten die Sperrnetze beiseite und machten damit das Fahrwasser aus dem Fjord frei. Das alles dauerte Stunden.

Beim Frühstück sagte der Admiral zu seinem Ersten Wachoffizier: »Genaue Befehle sind noch nicht da, aber ich denke, jetzt geht es *round about*. Die *Scheer* hat hunderttausend Tonnen versenkt, *Scharnhorst* und *Gneisenau* in drei Wochen zweiundzwanzig Schiffe. Und wir? Ein paar Walkocher und Logger vor Island. Wir liegen hier mit dem Arsch auf Schlick. Aber das wird jetzt wohl anders.«

Neue Funksprüche trafen aus Berlin ein, der Funkoffizier entschlüsselte sie mit der Enigma, dann wurden sie dem Admiral vorgelegt.

»Drei Geleitzüge sollen unterwegs sein«, sagte Lütjens zu seinem I WO, »melden unsere Fernaufklärer.«

Die Kessel wurden angeheizt, Volldampf gemacht, die Diesel für den Bordstrom angeworfen. Die *Bismarck* ging Anker auf, Schlepper warfen ihre Trossen über und warteten auf den Befehl, das riesige graue Schiff aus dem Fjord zu ziehen.

Nach dem Norwegenfeldzug hatte die deutsche Marineführung versucht, das stärkste Schlachtschiff der Welt, die *Bismarck*, in Sicherheit zu bringen, damit ihr nicht dasselbe zustieß wie den von Briten bombardierten Schiffen *Scharnhorst* und *Gneisenau* in Brest. Man hatte die *Bismarck* in den Kors-Fjord südlich von Bergen verlegt und mit Minensperren und Flak so ausreichend geschützt, als sei sie ein Berg aus Diamant. Trotzdem wurde sie von englischen Flugzeugen entdeckt. Aber jeder Angiff, sei es zu Wasser oder aus der Luft, scheiterte an der Abwehr.

Immer wieder übernahm die britische Luftaufklärung Kontrollflüge.

Am 22. Mai 1941 abends fand ein britischer Fernaufklärer vom Typ Mosquito den Kors-Fjord leer. Die *Bismarck* war mit einem Geheimauftrag ausgelaufen.

Das war für die britische Admiralität die gefürchtete Nachricht, die sie seit Wochen mit Bangen erwartete. In London wurde eine Nachtkonferenz einberufen. Der Erste Seelord unterrichtete seine Admiräle.

»Das Schlachtschiff *Bismarck* ist in See gegangen, und wir wissen auch, warum. Fünf Konvois befinden sich gleichzeitig unterwegs.«

Der I A der Admiralität führte es genauer aus: »Gentlemen, der Geleitzug *SC-31* befindet sich auf dem Heimweg nach England und der *OB-324* auf dem Weg nach Westen. Ein weiterer Konvoi *NS-8 B* ist mit

Truppen nach Ägypten unterwegs. Dazu kommt noch ein Konvoi mit sechsunddreißig Schiffen mit der Nummer *XQ-145*, der aus Kanada kommend durch die Grönlandstraße Richtung Eismeer läuft. Alle diese vier Konvois liegen in der vermutlichen Fahrtrichtung der *Bismarck*.«

»Wie steht es mit der Verteidigung?« wollte einer der älteren Flagg-Offiziere wissen.

»Da sieht es leider nicht gerade sonnig aus, Sir. Sämtliche Eskortschiffe, einschließlich der alten Linienschiffe wie die *Ramillies* und die *Revenge* sind nur kleine Fische gegen das stärkste Schlachtschiff der Welt. *Bismarck* hat 44 000 Tonnen, läuft 28 Knoten und ist bestückt mit acht 38 cm-Geschützen. Selbst unsere neuesten Schlachtschiffe *King George V* und *Prince of Wales*, die jetzt fertiggestellt sind und erstmals eingesetzt werden können, sind in der Panzerung nicht so stark wie die *Bismarck*.«

Nun ergriff der Lordadmiral wieder das Wort und faßte zusammen: »Das Auslaufen der *Bismarck* läßt eine Generaloffensive der deutschen Flotte erwarten. Außerdem begleitet der nagelneue Kreuzer *Prinz Eugen* das Monstrum. Großadmiral Raeder verfügt noch über die schweren Kreuzer *Lützow* und *Admiral Hipper* sowie die leichten Kreuzer *Köln* und *Emden*. Abgesehen von dem, was sonst noch in Brest liegt.«

Sir John Tovey, der als Nachfolger von Admiral Forbess an der Spitze der *Home Fleet* stand, äußerte kurz: »Ich fürchte, wir sehen da einer Schlacht entgegen, Gentlemen, von der die wirtschaftliche Existenz des Vereinigten Königreichs abhängt. Wir können nur auf unseren guten Stern hoffen.«

»Der uns schon seit Beginn des Krieges verlassen hat, Sir«, bemerkte einer der Offiziere klarsichtig.

Am 23. Mai waren die Witterungsverhältnisse zwischen Island und Grönland höchst eigenartig, die Mainacht nur eine verlängerte Dämmerung. Der Nebel machte den Tag zu einem Halbdunkel, das von milchigem Licht durchflutet wurde. Eine diffuse Beleuchtung, auf die die Augen empfindlich reagierten. Die Grönlandstraße war fast zugefroren. Nur auf der Ostseite, nahe Island, war eine Fahrtrinne von wenigen Meilen Breite offen. Trotzdem gelang es dem Schlachtschiff *Bismarck*, den erwarteten Konvoi *XQ-145* ausfindig zu machen.

Obwohl der Geleitzug mit einem Abstand von drei Meilen nach Norden Richtung Murmansk dampfte, ließen die scharfen Leitz-Entfernungsmesser der *Bismarck* sogar den gesuchten russischen Frachter *Cruisenstern* erkennen.

»Kein Zweifel«, sagte der wachhabende Artillerie-Offizier, ein Kapitänleutnant, »es ist die *Cruisenstern*, ein typischer älterer Dampfer russischer Bauart. Bug und Rumpf sind wegen des ständigen Eises in den sibirischen Meeren besonders geformt und verstärkt. Außerdem versucht er, sich zwischen den kanadischen Schiffen zu verstecken.«

»Doch es gelingt ihm nicht. Wir haben dich, kreisender Stern.«

Warum die *Bismarck* ausgerechnet auf diese *Cruisenstern* angesetzt war, wußten die Leute in der Artilleriezentrale der *Bismarck* nicht. Nur dem Marinechef, Admiral Raeder, und dem Kommandanten der *Bismarck* war der Hauptgrund der Nordmeerpatrouille bekannt.

Auf der Brücke der *Bismarck* schien der Kommandant überzeugt, daß es ihm gelingen würde, den Operationsbefehl durchzuführen. Entsprechend sah seine Taktik aus. Es ging ja nur um diese *Cruisenstern* und einen bestimmten Mann auf diesem Frachter, den sie in Berlin unbedingt haben wollten.

Schon beim Anlauf auf den Konvoi änderte sich jedoch das Wetter. Schlagartig schoben sich dicke Böen, Schnee und Hagel wie ein trennender Vorhang zwischen das deutsche Schlachtschiff und den Geleitzug. Da das Wetter eher noch schlechter werden sollte, brach Lütjens zunächst den Angriff ab. Dies war jedoch nicht der alleinige Grund. Sein Funkmeßgerät meldete das Näherkommen britischer Flotteneinheiten.

In der offenen Fahrrinne auf der isländischen Seite patrouillierten zwei Kreuzer des Konteradmirals Walker, die *Suffolk* und die *Norfolk*, an der Eisbarre. Um 19.22 Uhr entdeckte die *Suffolk* die *Bismarck* sowie die *Prinz Eugen* in einer Entfernung von weniger als acht Meilen. Die *Suffolk* zog sich in den Nebel zurück und folgte dem Gegner mit Radar.

Eine Stunde später, als der Nebel kurz aufriß, wurde die *Suffolk* von der *Bismarck* beschossen. Es war das erste Geschoß, das die *Bismarck* gegen ein feindliches Schiff abfeuerte. Auf sechs Meilen Entfernung wurde die *Suffolk* getroffen. Ihr Schwesterschiff *Norfolk* versteckte sich nun ebenfalls im Nebel, beide folgten sie der *Bismarck* in gehörigem Abstand. Das Wetter verschlechterte sich weiter. Das phosphoreszierende Packeis rief Spiegelungen hervor. Die Schiffe liefen mit achtundzwanzig Knoten Geschwindigkeit.

Schollen prallten donnernd gegen die Rümpfe. Hinzu kam das Nordlicht, das eine seltsame gespenstische Stimmung hervorrief. Inzwischen erfuhren die beiden britischen Schiffe, daß Admiral Holland aus sechshundert Meilen Entfernung und aus Südwesten mit höchster Geschwindigkeit herandampfte. Holland kommandierte den Schlachtkreuzer *Hood*, das größte Kriegsschiff der Welt. Ihm folgte die *Prince of Wales*, die das stärkste Kriegsschiff gewesen wäre, wenn es die *Bismarck* nicht gegeben hätte.

Doch der erfahrene Admiral Holland sah nur geringe Chancen und besprach sich auch offen mit seinem Stellvertreter. »Die *Hood* ist mit ihren zwanzig Jahren zu alt und die *Prince* noch zu jung. Ihre Farbe ist kaum trocken. Gerade fertiggestellt, ist die Besatzung noch nicht eingefahren.«

Der Befehlshaber der britischen Nordatlantikflotte wollte schon der *Prince of Wales* befehlen, an die Spitze zu fahren, denn sie war von der Panzerung her besser geschützt als die *Hood*. Doch Admiral Holland hatte das höhere Dienstalter, also unterließ er es.

Die Anfahrt gestaltete sich als schwierig. Admiral Holland wollte den Gegner überraschen. Deshalb verzichtete er auf Radar und Funk. Aus diesem Grund wurde er von den vier Zerstörern, welche die *Hood* bisher begleitet hatten, im Schneetreiben aus den Augen verloren.

Die *Hood* entdeckte ihren Gegner kurz nach 05 Uhr.

Admiral Lütjens legte die *Bismarck* so, daß seine gesamte Artillerie feuern konnte, während von den Engländern nur ein Teil der ihren zu benutzen war. Wegen ihrer ungenügenden Geschwindigkeit sah sich

Holland nicht in der Lage, sich der *Bismarck* zu nähern. Auf diese große Entfernung war der Einfallwinkel der Geschosse der *Bismarck* sehr gefährlich. Dies um so mehr, als die alte *Hood* kein gepanzertes Deck besaß.

Um 05.23 Uhr wurde das Feuer auf eine Entfernung von 25 000 Meter von den Engländern eröffnet. Die Geschütze der *Bismarck* antworteten sofort, sie verfügte über hochmoderne Entfernungsmeßgeräte. Eine Vollsalve traf die *Hood*. Eine Flamme stieg von deren Schornstein auf. Sekunden später flog das größte Schiff der Welt in einer riesigen Explosion in die Luft. Die *Hood* ging unter wie die *Indefatigable* in der Skagerrak-Schlacht. Wie diese war sie Opfer eines Konstruktionsfehlers, durch den sich das Feuer blitzschnell auf die Munitionsbunker ausbreitete.

Von den 95 Offizieren und 1324 Mann Besatzung der *Hood* wurden nur drei Mann gerettet. Einen Seekadetten, einen Steuermann und einen Matrosen zogen Zerstörerleute aus dem eisigen Wasser.

Die alleingebliebene *Prince of Wales* wurde in vier Minuten siebenmal getroffen. Admiral Walker nahm es auf sich, dem neuen Schlachtschiff den Abbruch des Gefechtes zu befehlen. Jetzt führte er zusammen mit der *Suffolk* und der *Norfolk* die heraneilenden Kräfte, die haushoch überlegen waren, gegen die *Bismarck*. Im Laufe der Seeschlacht blieb die *Bismarck* auch nicht unverletzt.

Admiral Lütjens wurde gemeldet, daß ein Treffer seine Backbordseite aufgerissen habe. Aus einem der Haupttanks floß Öl aus. Normalerweise hätte sich Lütjens angesichts der Übermacht in einen norwegischen

Hafen flüchten müssen. Immerhin hatte er mit Versenkung der *Hood* einen brillanten Sieg für die deutsche Marine errungen. Die Bunker wurden gepeilt, der Leitende Ingenieur rechnete hin und her. Dann mußte er dem Kommandanten melden, daß sie sehr viel Treibstoff verloren hatten. Wegen des Ölverlustes war eine Umkehr nicht mehr möglich.

»Wir werden also nach Süden weiterfahren«, entschied Lütjens. »Uns durchkämpfen.«

Um 08.01 Uhr funkte er an die Seekriegsleitung: »Habe die Absicht, St. Nazaire zu erreichen.«

Lütjens war sich aber auch klar darüber, daß der Feind alles, was auf dem Atlantik umherkreuzte, gegen die *Bismarck* aufbieten würde. Mehrere Funksprüche der Royal Navy konnten entschlüsselt werden.

Admiral Tovey kam von Scapa Flow mit der *King George V.* Die *Repulse* und der Flugzeugträger *Victorious*, die Kreuzer *Ramillies*, *Revenge* und *Rodney* verließen die Konvois, die sie eigentlich schützen sollten, und beteiligten sich an der Verfolgung der *Bismarck*. Vizeadmiral Sommerville kam mit der *Ark Royal* von Gibraltar herangeprescht, außerdem mit zahlreichen Kreuzern, darunter der *Renown*, der *Sheffield* und einigen Zerstörern.

Auf der *Bismarck* wurde ein verspätetes Frühstück eingenommen. Die Backschafter bedienten in Stahlhelm und Schwimmweste, denn noch herrschte volle Kampfbereitschaft an Bord. Immerhin waren die Tische in der Offiziersmesse weiß gedeckt, serviert wurde in Porzellan. Den versammelten Offizieren, soweit sie wachfrei hatten, erläuterte Lütjens die Lage.

»Dönitz hat befohlen, daß sich alle erreichbaren

U-Boote um uns versammeln, selbst wenn sie keine Torpedos mehr haben. Immerhin lösen sie durch ihre große Zahl bei den Briten Alarm, Angst und Schrekken aus. Wir fahren mit allem, was die Maschinen hergeben, Richtung französische Kanalküste, und ich will hoffen, daß wir binnen weniger Stunden im Bereich unserer Luftwaffe stehen.«

Obwohl der Kommandant schwere Sorgen hatte und bestimmt keinen Appetit, widmete er sich dem Schinken mit Ei und trank mehrere Tassen von dem sahnigen Marinekaffee. Um seine Leute zu unterhalten, erzählte er zur Ablenkung eine von den Geschichten, die er immer auf Lager hatte.

»Dies, meine Herren, ist wirklich passiert, vor kurzem, ich glaube, es war im Januar, zwischen britischen Flotteneinheiten und kanadischen Behörden an der Küste. Es wirft ein besonders deutliches Licht auf das Können der Herren britischen Kameraden in bezug auf Seemannschaft und Navigation. Unsere Stationen konnten die Funksprüche auffangen. Die Briten funkten also die Kanadier an: ›Bitte ändern Sie den Kurs um fünfzehn Grad nach Norden, um eine Kollision zu vermeiden.‹

Der Kanadier entgegnete: ›Ich empfehle, Sie ändern Ihren Kurs um fünfzehn Grad nach Süden, um eine Kollision zu vermeiden.‹

Darauf der Engländer: ›Hier spricht der Kapitän eines Schiffes der Royal Navy. Ich sage noch ein mal, ändern Sie Ihren Kurs!‹

Der Kanadier daraufhin: ›Und ich sage noch einmal, Sie ändern gefälligst Ihren Kurs, Herr Kamerad.‹

Der Engländer nun erbost: ›Dies ist der Flugzeugträger *Trafalgar*, das zweitgrößte Schiff in der Atlantikflotte des Vereinigten Königreichs. Wir werden von drei Zerstörern, drei Kreuzern und mehreren Hilfsschiffen begleitet. Ich verlange also, daß Sie Ihren Kurs um fünfzehn Grad nach Norden ändern, das wäre nulleinsfünf. Ändern Sie sofort Ihren Kurs, oder es werden Gegenmaßnahmen ergriffen, um die Sicherheit meines Flottenverbandes zu gewährleisten.‹

Der Kanadier erwiderte fast amüsiert: ›Aye, aye, Sir, habe Sie verstanden, Herr Admiral. Aber hier spricht ein Leuchtturm. Ich erwarte mit Spannung Ihre Gegenmaßnahmen.‹«

In der Offiziersmesse der *Bismarck* wurde gelächelt, aber nicht gelacht. Der Admiral hatte auch nicht mehr erwartet.

Auch das deutsche U-Boot Nummer 556 hatte keine Torpedos mehr. Im aufgewühlten Meer erkannte sein Kommandant, Kapitänleutnant Wohlfahrt, im Periskop den Schatten eines riesigen Schiffes. Aufgrund der ihm bekannten Lage dachte er, es sei die *Bismarck*. Es war jedoch der Flugzeugträger *Ark Royal*, gefolgt von dem Panzerkreuzer *Renown* in voller Fahrt. Sie rauschten so schnell vorbei, daß die Gischt wie eine Schaumwolke aufstäubte. Es war ein prachtvolles Schauspiel. Aber Wohlfahrt betrachtete es mit gemischten Gefühlen. Sofort gab er die Meldung über Funk ab und hörte, daß sich die beiden deutschen Schiffe *Bismarck* und *Prinz Eugen* um 18 Uhr getrennt hatten. Der unbeschädigte Kreuzer *Prinz Eugen* fuhr zurück zur Basis, während die *Bismarck* nach Südosten abdrehte.

Um Mitternacht fand eine Swordfish-Staffel des

Flugzeugträgers die *Bismarck.* Trotz Nacht und Sturm, trotz der Unerfahrenheit der Besatzungen, gelang es einem Torpedo, in die Breitseite der *Bismarck* zu jagen. Ohne besondere Wirkung allerdings.

Drei Stunden später kam die große Enttäuschung für die Verfolger. Die *Suffolk*, dauernd Zickzack fahrend, um sich gegen die deutschen U-Boote zu schützen, hatte die *Bismarck* vom Radarschirm verloren.

Premierminister Churchill, der durch eine telefonische Standleitung über die Verfolgungsjagd ständig auf dem laufenden gehalten wurde, war einer Ohnmacht nahe und legte sogar seine Zigarre weg. »Die Spur ist verloren«, bemerkte er bitter enttäuscht. »Wie soll ich das dem Unterhaus klarmachen? Es trifft sich in einer Stunde im Churchhouse. Soll ich den Abgeordneten erklären, daß die *Bismarck*, nachdem sie die *Hood* versenkt hat, in aller Ruhe nach Hause fährt?«

Der Tag und die Nacht verstrichen. Das Netz der Verfolger wurde immer dünner. Die Schiffe, deren Treibstoffbunker fast leer waren, begaben sich eines nach dem anderen in die nächsten Häfen. Die *Repulse* steuerte Neufundland an, die *Victorious*, die *Prince of Wales*, die *Revenge* und die *King George V* nahmen Kurs auf Rodney Island. Allmählich machte sich bei der britischen Admiralität die Überzeugung breit, daß auch die letzten Anstrengungen zwecklos seien.

»Lütjens hat seine Spur verwischt und ist vermutlich außer Gefahr. Noch suchen unsere Katalina-Patrouillen routinemäßig das Meer zwischen der Bretagne und Island ab. Es gibt keinen Schimmer Hoffnung, die *Bismarck* wiederzuentdecken, obwohl sie inzwischen schon außerhalb der Gefahrenzone ist.«

Das südlichste der Patrouillenflugzeuge wurde von dem Flying Officer Briggs gesteuert. Er gehörte der 209. Staffel des Küstenkommandos an. Das Wetter war scheußlich, es stürmte, der Himmel war dicht bewölkt. Um 10.36 Uhr am 26. Mai sah Briggs ein großes Schiff. Er mußte sehr weit heruntergehen, um es zu identifizieren. Die Flak schoß mit solcher Genauigkeit, daß er durch den Schirm der Granaten fast nicht mehr hochkam. Inmitten von Explosionen taumelte er herum und erreichte schließlich die schützende Wolkendecke.

Sein Funker gab die große Neuigkeit weiter. »*Bismarck* wiedergefunden.« Dazu die genaue Position.

Man hatte das Schlachtschiff irgendwo am Polarkreis vermutet, doch in Wirklichkeit befand es sich sechshundert Meilen westlich von Brest. Zwischen der *Bismarck* und dem Hauptgeschwader des Admirals Tovey lagen hundert Meilen. Der Feind würde jetzt bald unter den Schutz der deutschen Luftwaffe kommen – die Rettung. Das einzige englische Schiff, das noch den Hauch einer Möglichkeit hatte, die *Bismarck* abzufangen, war die von Gibraltar kommende *Renown*. Selbst einer angeschlagenen *Bismarck* war sie weit unterlegen. Die letzte Hoffnung galt also dem Flugzeugträger *Ark Royal*.

Die Swordfishes starteten unter größten Schwierigkeiten. Das Flugdeck wurde von Gischtwolken übersprüht. See und Himmel berührten sich fast. An dem Punkt, den Briggs gemeldet hatte, wurde auf dem Radarschirm ein Schiff entdeckt. Die Swordfishes lösten ihre Torpedos aus. Sie jagten über das Meer dahin. Die Maschinen flogen dabei so niedrig, daß sie die Wellen fast berührten.

Zu ihrem großen Entsetzen erkannten die Besatzungen ihr Opfer. Es war der eigene Kreuzer *Sheffield*, den sie torpediert hatten, denn Briggs hatte sich beim *Bismarck*-Standort um fünfundzwanzig Meilen verschätzt. Zum Glück war es dem Kreuzer *Sheffield* gelungen, durch rasche Manöver den Torpedos auszuweichen. Der Zustand, in dem die Flugzeugbesatzungen zu ihrem Mutterschiff zurückkehrten, war nur mit totaler Niedergeschlagenheit zu erklären.

Dies war die wirklich allerletzte Möglichkeit. Unter Colonel Code starteten noch einmal fünfzehn Swordfishes. Die Sicht betrug höchstens zehn Prozent, als sie um 19 Uhr abhoben. Wenn auch sie die *Bismarck* nicht entdeckten, verschwand das Schlachtschiff in der Nacht und fuhr bei Morgengrauen in die Iroise-Bucht ein.

Um 20.47 Uhr war es fast dunkel. Der Sturm hatte die Staffeln zerstreut, die Flugzeuge mußten einzeln angreifen. Der Angriff dauerte achtunddreißg Minuten. Ein Torpedo traf die *Bismarck*, aber deren Panzerung war so stark, daß, genau wie am Vortag, durch den Treffer nur geringer Schaden entstand.

Ein zweiter Torpedo war gegen das Heck gerichtet. Schlechte Beleuchtung und das aufgepeitschte Meer verzögerten um einige Sekunden das Ausweichmanöver der *Bismarck*. Es ging nur noch um wenige Meter, aber sie bedeuteten den Unterschied zwischen Triumph und Tod. Der Torpedotreffer hatte die Schrauben beschädigt und das Ruder verklemmt. Die Geschwindigkeit der *Bismarck* fiel auf drei Knoten. Das Schiff war nicht mehr zu steuern.

Die Todesnacht der *Bismarck* begann. Um 01.20 Uhr

tauchte eine Einheit von fünf Zerstörern auf und fuhr um den nahezu unbeweglich daliegenden Riesen herum. Die kleinen Schiffe konnten noch zwei Torpedos anbringen. Als dann am Morgen die *Rodney* und die *King George V* eintrafen, machte die *Bismarck* so gut wie keine Fahrt mehr. Meer und Wind erreichten Stärken zwischen fünf und sieben. Sie verzögerten die Eröffnung des tödlichen Feuers bis 08.47 Uhr. Die *Bismarck* schluckte nun Treffer um Treffer. Bald antwortete die *Bismarck* nur noch schwach. Die Fähigkeit zur Verteidigung brach zusammen. Um 10.15 Uhr war sie ein einziges Flammenmeer. Alle Geschütze schwiegen.

Admiral Tovey, dessen Treibstoffbunker leer waren, nahm Kurs auf England und befahl den Kreuzern: »Versenkt den Feind.«

Keine große Kunst, die *Bismarck* war bereits besiegt. Die *Norfolk* und die *Dorsetshire* führten den Befehl aus. Um 10.36 Uhr verschwand – nur einen Tag vom rettenden Brest entfernt – die *Bismarck* in den Fluten. Trotz des stürmischen Wetters wurden einhundertzehn Mann Besatzung gerettet.

Der Kommandant

Vor drei Tagen hatten sie auf *U-Z* den hellen Schatten eines riesigen Schiffes ausgemacht, das sie mit zwei Meilen Abstand passierte und mit Westkurs verschwand. Eine schemenhafte Begegnung, bei der man sich angesichts der diffusen Sichtverhältnisse fragen mußte, ob sie überhaupt stattgefunden hatte. Achtzig Stunden später erfuhren sie, welchem Schiff sie begegnet waren und welch tragisches Ende es genommen hatte. Die meiste Zeit verbrachte der Kommandant von *U-Z* Charlie Wunder in seinem Schapp auf der Koje liegend. Nur bei Wachwechsel wurden ihm der jeweilige Kurs, das Wetter und die vermutliche Distanz zum Heimathafen gemeldet. Doch nahm er das nur ziemlich abwesend wahr. Seine Gedanken weilten anderswo. Sehr weit weg, einige tausend Kilometer, und eine große Zeitspanne zurück, mehr als zwanzig Jahre.

Klarer Fall, er, Charlie Wunder, war der mieseste Offizier der deutschen U-Boot-Waffe. Zumindest war das seinem Führungsbogen zu entnehmen. Angefangen hatte alles schon mit seinem Vornamen. Geboren 1915 in einer oberbayerischen Kreisstadt, gab ihm sein Vater, ein konservativer Gymnasialprofessor, der Latein und Griechisch lehrte, den Vornamen Karl. Dies nach langem Kampf mit seiner Ehefrau, die einer wohlhabenden französischem Adelsfamilie entstammte. Sie verlangte, daß Karl immer Charles gerufen wurde.

Zu ihrem Hauspersonal sagte sie: »Das ist Französisch und wird wie Scharl ausgesprochen.«

Zum Trotz rief man ihn allgemein Tscharles.

Karlchen war ein lieber Bub, zeigte jedoch keinerlei Begabung. Er lernte spät laufen, spät sprechen, ebenso in der Schule spät lesen und schreiben. Keine Schwierigkeiten jedoch hatte er damit, seine Spielsachen zu demolieren. Zu ihrer Betrübnis stellte die streng katholische Mutter fest, daß er auch keinen Hang zur Religion zeigte, geschweige denn zum Beten. Auf der mühsamen Suche nach einem verborgenen Talent bei ihrem Sohn glaubte die Mutter, eine gewisse Musikalität feststellen zu können. Er konnte eine Melodie geradeaus nachpfeifen. Ein wenig ratlos überlegte sie lange Zeit. Sie erinnerte sich an ihre Jugend in dem großen Gutshof im Elsaß, an die Hauskapelle, an den bischöflichen Bruder. Also beschloß sie, für Charles eine Hausorgel zu kaufen. Das ungefüge Ding hätte jedoch nicht in ihr Haus gepaßt, deswegen erwarb sie einen Bechstein-Flügel in Weiß.

Klein-Charles klimperte munter darauf herum und hämmerte bald alles auswendig, was er hörte. Zum Leidwesen seiner Lehrerin, die ihn mit Etüden und Fingerübungen traktierte. Wegen des falschen Fingersatzes schlug sie ihm mitunter die Knöchel blutig. Zum Trotz übte Charles niemals das, was auf den Notenblättern stand, sondern spielte nach seinem perfekten Gehör. Bis die Lehrerin eines Tages dahinterkam. Sie drohte damit, ihn nicht weiter zu unterrichten, worüber sich Charles sehr gefreut hätte. Leider war die Drohung gegenstandslos, denn sie trank zu gerne die Liköre der Frau Studienprofessor. Da keine Besserung eintrat, hatte es die Mutter eines Tages satt, zudem ihr die Lehrerin klarmachte, daß ihr Sohn nach drei Jahren Unterricht keinen einzigen Takt vom Blatt spielen könne.

»Er hat eine Notenlegasthenie, eine Notenleseschwäche«, behauptete die Lehrerin.

Daraufhin brach die Mutter den Unterricht ab und sperrte den Flügel zu. Außerdem versteckte sie den Schlüssel.

»Sei nicht so streng mit ihm«, riet der Studienprofessor, »er ist eben ein Besonderer.«

»Taugenichts«, fügte sie hinzu. »Ich fordere Fleiß und Disziplin. Immerhin ist mein Bruder Bischof.«

»Und der dickste Mann von Lille, der seinen Bauch mit der Schubkarre vor sich herfährt.«

Jetzt wurde sie böse: »Und wessen Vater fuhr, bitte, den Orientexpreß von Schnaitzlreuth nach Hintertupfing?«

Woraufhin Studienprofessor Wunder sich auch ereiferte: »Und wer, bitte, war die Baronesse, die unbedingt einen Akademiker heiraten wollte, aber wegen eines kleinen Gehfehlers keinen Mann bekam, bis sie einen gewissen Dr. Peter Wunder aufriß?«

»Du bist pietätlos, Pierre«, bemerkte sie beleidigt.

Woraufhin er mit seinem alten Spruch loslegte: »Guten Tag, Frau Baronin, ich komme vom Begräbnisverein Pität und soll die Leiche abholen, aber bitte machen Sie zwei Pakete, ich bin mit dem Fahrrad da.«

Das empörte sie immer wieder. *»Vous êtes un Scheusal, Pierre!«*

»Oui, oui, Madame Baronin, je suis un Scheusal«, antwortete er.

Weiter eskalierte ihr Streit fast nie, denn sie waren gebildete, wohlerzogene Herrschaften.

Angeblich hatte die enttäuschte Mutter den Schlüssel zum weißen Flügel nicht nur versteckt, sondern weggeworfen. Klein-Charles fand ihn jedoch und spielte, wenn sie nicht im Hause war, weiterhin seinen Swing und seinen Jazz.

In der Schule verlief es mit ihm ähnlich. Immer gab es Schwierigkeiten. Er nannte sich selbst den größten Abschreiber aller Zeiten. Zum Glück saß er neben seinem Freund Julius, der als Leuchte der Mathematik galt.

Immerhin tröstete sein Klassenlehrer den Kollegen Dr. Wunder: »Dein Bub ist nicht unbedingt saublöd, aber der absolute Faulpelz.«

Im Jahreszeugnis stand eine recht merkwürdige Beurteilung: »Karl Wunder ist ein kleines, selbstgebasteltes Universum mit einem Mittelpunkt, und dieser Mittelpunkt ist Karl Wunder selbst.«

Wegen des Problems mit dem weißen Flügel verlegte sich Klein-Charles auf ein anderes Instrument. Er sparte sein Taschengeld zusammen und kaufte eine verbeulte B-Trompete. Das erste, was er darauf übte, war der amerikanische Schlager *»Whispering«* mit dem anzüglich übersetzten deutschen Text:

»Laß mich dein Badewasser schlürfen,
laß mich dich abfrottieren dürfen.
Zeig mir noch einmal die Bewegung,
die bringt mich immer in Erregung.«

Einmal hörte ihn die Mutter, als er diese Melodie sang. Worauf sie ihn ohrfeigte und den immer wieder gleichen Vortrag hielt.

»Und für so eine Niete habe ich in Paris für fünftausend Mark einen weißen Bechstein-Flügel gekauft. Du hast nie geübt, hast nie Etüden gespielt, aus dir wird nie ein Pianist und auch kein Trompeter. Für den Flügel hätte ich eine wunderschöne dreireihige Naturperlenkette bekommen.«

Das machte Charles so wütend, daß er sagte: »Dann häng dir doch das Klavier um den Hals.«

Mit einigen Freunden in der Schule, die ebenso wie er stets einen Jazzbesen in der Tasche bereithielten, gründete er eine kleine Band, ein Schülerorchester. Schlagbaß, Klavier, Gitarre, Trompete. Sie spielten immer nur amerikanischen Jazz. Deutschtümelige Professoren des Gymnasiums beschwerten sich darüber beim Direktor, so daß der Rex den Schüler Wunder insgeheim bat, doch wenigstens gelegentlich um deutsches Liedgut bemüht zu sein. Das war die Zeit, als Wunder anfing zu komponieren. Er suchte einen Mittelweg. Er wählte nicht »Wem Gott will rechte Gunst erweisen«, sondern vertonte einen Vierzeiler aus dem englischen Lehrbuch.

»The springing day is ending
the sun is sinking low,
we children homeward wending
and singing as wie go.«

Die Melodie war so schön schmalzig wie der Text, doch immerhin sang der Mädchenchor eines Lyzeums die Nummer beim Jahresabschlußfest.

Genau genommen hatte der Gymnasiast Karl Wunder gar keine so ungetrübte Jugend. Mit seinen Hauptcharaktereigenschaften, hier der Starrsinn, dort die Faulheit, bereitete er sich selbst Schwierigkeiten.

Die Abiturnoten waren so schlecht, daß er die Reife auch mit dem zweiten Anlauf nicht schaffte. Es gab nur noch eine Lösung: sich Unterschrift und Stempel beim Ministerium in der Landeshaupstadt zu holen. Der zuständige Referent verschob den Gesprächstermin auf den nächsten Tag.

Am Abend streifte Karl Wunder durch München, hörte irgendwo in Schwabing Jazzklänge zur Straße hinaus und landete im Burgkeller. Er stieg hinunter, hörte eine Weile zu, zog seine Trompete aus der Segeltuchhülle und stieg bei der Session ein. Neben ihm blies ein älterer, eleganter Herr die Posaune. Der Grauhaarige beherrschte sogar das Saxophon und das Schlagzeug. Sie verstanden sich sofort gut. Am nächsten Morgen ergab sich, daß der Jazzfreund der zuständige Ministerialdirektor bei der Unterrichtsbehörde war. Karl Wunder bekam seinen Reifevermerk.

Anschließend studierte er einige Semester herum. Mal dies, mal das, nichts richtig. Auch das Studium der Kompositionslehre auf dem Konservatorium behagte ihm wenig. Lieber musizierte er nachts in den Kneipen. Nicht nur sein Ruf, sondern der der ganzen Familie Wunder begann darunter zu leiden. Und daß er einen goldenen Ohrring trug, schlug dem Faß den Boden aus.

Dann kamen in Berlin die Nazis ans Ruder, und echter Jazz war ohnehin verpönt. Karl Wunder wurde zur Musterung einberufen, was seine Mutter fast glücklich machte.

»Jetzt bringen sie ihm Ordnung und Disziplin bei«, hoffte sie.

»Daß Zähne zum Putzen da sind und Fingernägel zum Feilen«, ergänzte sein Vater.

Bei der Musterung blickte der Stabsarzt die nackte krumme unsportliche Gestalt Wunders schier verzweifelt an. Offenbar erinnerte sie ihn an die Geschichte des braven Soldaten Schwejk des böhmischen Schriftstellers Jaroslav Hašek. Grinsend wurde der Stabsarzt spöttisch.

»Pissen Sie grün oder gelb, Wunder?«

Wunder, der ebenfalls Schwejks Abenteuer gelesen hatte, sah das Parteiabzeichen am weißen Kittel des Stabsarztes und antwortete: »Ich pisse schwarz-weiß-rot, Herr Stabsarzt, hakenkreuzförmig.«

Vermutlich wegen dieser Frechheit wurde er kriegsverwendungsfähig geschrieben. Solche Typen galt es auszumerzen. Es kam noch schlimmer. Ausgerechnet für die Kriegsmarine teilten sie Karl Wunder ein und dies, obwohl er Wasser haßte. Als Kind war er einmal in den Brunnen gefallen und fast ersoffen. Beim Wettschwimmen in der Schule erfand er immer Ausreden. Entweder er war erkältet, oder er litt an Muskelkrämpfen. Doch das alles half ihm wenig. Die Kriegsmarine wollte ihn unbedingt und bildete ihn zunächst zum Matrosen aus. Als Abiturient wurde er automatisch Seekadett, Fähnrich, Oberfähnrich, obwohl er immer lauthals verkündete: »Für mich ist die Marine eine viel zu feine Waffengattung. Mit mir hat sie einen miserablen Fang gemacht.«

Erstaunlicherweise schloß er die Steuermannschule mit Note eins ab. Nicht weil er selbst gut, sondern die anderen von seinem Jahrgang schlechter waren. Wegen des Einsers hatten sie wieder etwas Schlimmes mit ihm vor. Untersetzt und von mittlerer Statur, paßte er genau in die Enge eines U-Bootes. Sie jagten ihn durch

Spezialkurse, durch die Zentrifuge und die Unterdruckkammer. Als WO-Schüler zeichnete er sich stets durch absolutes Desinteresse aus. Doch seine Vorgesetzten schwärzten ihn nicht an, weil er eben ein netter Junge war und so gut Trompete blies. Auch in den oberen Abteilungen der Marine wußte man das zu schätzen.

Während der Ausbildung zum U-Boot-Wachoffizier bei der 21. U-Flottille wurde er fast berühmt. In der Ecke der VII-C-Zentale, wo Hunderte Rohrleitungen und Ventile, gerade und gekrümmt, verschlungen wie ein Affengehirn zusammenliefen, sollte er die einzelnen Teile benennen, worauf er seinem Kommandanten antwortete: »Verzeihung, Herr Kapitänleutnant, aber ich bin Jazztrompeter und kein Klempner.«

Nie im Leben hatte er auf ein U-Boot gewollt, trotzdem überstand er die harte Schulung an Bord. Nur an Land, auf dem Wohnschiff *Prätoria*, erging es ihm noch schlechter. Dummerweise hatte er bei der Begrüßung durch den Flottillen-Chef angegeben, daß er die Absicht habe, Musik zu studieren. Deshalb sollte er zur Feier des 9. November etwas Klassisches, Getragenes auf dem Klavier beisteuern.

»Aus der ›Pathétique‹«, wünschte der Flottillen-Chef.

Wunder konnte überhaupt nicht vom Blatt spielen, doch das glaubte ihm keiner. Er versuchte, den Befehl zu verweigern. Man drohte, ihn einzusperren. Verzweifelt suchte er in Pillau, wo die 21. U-Flottille lag, einen Vertreter aufzutreiben, einen Pianisten. Er fand einen Musiker vom Marine-Musikcorps.

Doch der Vorfall wurde in seinem Führungsbogen vermerkt. Man stellte ihn bei der Beförderung zum

Leutnant zur See wegen nationalsozialistisch-politischer Unreife zurück. Das war gerechtfertigt. Karl Wunder mußte sich selbst eingestehen, daß er den staatstragenden Ideen Hitlers und Rosenbergs mit großer geistiger Enthaltsamkeit begegnete.

Die letzte Ecke, die es zu umrunden galt, war der schwierige Torpedo-Schießlehrgang. Er absolvierte ihn, aber wohl nur, weil er in der Freizeit bei Casino-Feten als guter Musiker diente, der so gut wie jeden Film- und Radioschlager draufhatte.

Trotz allem galt Wunder als hoffnungsloser Fall. Da die Marine in seine Ausbildung bisher aber eine Menge Geld investiert hatte, versuchte man zu retten, was noch zu retten war. Schließlich steckte man ihn als Dritten Wachoffizier auf das Boot eines begnadeten Kapitänleutnants und Ritterkreuzträgers auf *U-136*. Kapitänleutnant Lützow brachte ihm einiges bei, beurteilte seine Fähigkeiten jedoch zwischen mäßig und saumäßig.

Allmählich haßte Wunder nichts mehr auf der Welt als U-Boote. Zur Not wäre er noch lieber zu den Schnellbooten gegangen, dort nahmen sie aber nur Adelige und keinen Bewerber deutsch-französischer Herkunft. Er absolvierte also einige weitere U-Boot-Stationen, kam auf das Unglücksboot *U-Z*, später sogar als Erster Wachoffizier.

Doch immer wieder, beinahe täglich, sagte sein Kommandant zu ihm: »Ein eigenes U-Boot kriegen Sie nie, Wunder, eher trocknen die sieben Weltmeere aus.«

Und dann bekam er doch eines. Es wurde ihm einfach aufs Auge gedrückt wie der heiligen Jungfrau das Kind. Kapitänleutnant Henke starb auf See, und Karl

Wunder, den sie bei der Marine inzwischen Charly nannten, übernahm notgedrungen das Kommando von *U-Z*.

Was waren das für Zeiten gewesen. Heute so und morgen anders. Nicht zu fassen, wie das Schicksal mit einem umsprang. Und das sollte Gottvater so gehabt haben wollen? Unmöglich. Entweder er war blind und taub, schaute absichtlich gelangweilt nicht hin, oder es gab ihn überhaupt nicht. Draußen im Boot entstand das Trampeln eiliger Männerschritte mit Bordschuhen auf eisernen Flurplatten. Wachwechsel.

Der I WO schob den Filzvorhang zur Seite und meldete: »Kurs 110 Grad, Boot läuft neun Knoten, ein Diesel, eine E-Maschine. Wind aufbrisend, Distanz zur Küste noch neunhundert Seemeilen.«

Wunder richtete sich auf: »Danke, I WO.«

Bevor er sich zurückzog, sagte der Ex-Obersteuermann und jetzige Leutnant noch etwas: »Der weiße Schatten, der vor drei Tagen an uns vorbeigerauscht ist, das muß die *Bismarck* gewesen sein.«

»Vermerken Sie es im Kriegstagebuch.«

»Schon geschehen«, bestätigte der I WO.

Und am Abend kam die traurigste aller traurigen Nachrichten. Fanfarenstöße, Wehrmachtbericht, der Reichssender Berlin gab bekannt, eine Grabesstimme: »Nach heldenhaftem Kampf, wobei er den größten Kreuzer der Welt, die britische *Hood* versenkte und die *Prince of Wales* schwer beschädigte, wurde unser Schlachtkreuzer *Bismarck* von der gesamten britischen *Home Fleet* angegriffen. Der zehnfachen Übermacht des Feindes gelang es, das Schlachtschiff *Bismarck* zu versenken.«

Dann spielten sie »Ich hatt' einen Kameraden«.

Die Männer auf *U-Z* blickten sich sprachlos an. Einer weinte.

Das letzte Aufgebot

Die Stimme von Admiral Canaris klang traurig, aber gefaßt: »Die Kriegsflotten der Welt, meine Herren, haben immer stolze Schiffe verloren. Der Perserkönig Darius vor Salamis seine Galeeren, die Spanier unter König Philipp die stolzen Galeonen, die Schlachtschiffe des Mittelalters gegen England, damals, als die Armada unterging.«

»Was für ein grandioser Trost.«

Canaris fuhr fort: »Admirale sind da wie die Meister des Schreinerhandwerks, die, wenn sie ein wunderschönes Stück Holz vor sich haben, zu sagen pflegen: ›Tut mir leid, aber wo gehobelt wird, fallen Späne‹.«

Daß Deutschland sein Kleinod auf so tragische Weise eingebüßt hatte, lähmte zunächst die ganze Nation. Am ehesten faßte man sich noch beim Marine-Oberkommando, denn noch immer galt es, das zu erreichen, was die *Bismarck* nicht geschafft hatte, nämlich den Frachter *Cruisenstern* aus dem Geleitzug *XQ* herauszuschießen und des Dr. Fox habhaft zu werden.

Beim nächtlichen Sechsaugengespräch gab sich Sauerbrunner eher zurückhaltend. Nur einmal sagte er auf seine unnachahmlich arrogante Art zu Raeder und Canaris: »Fürchte, da werden Köpfe rollen ... es sei denn ...«

Für diesen Fall hatte der hinzukommende BdU eine Notlösung erarbeitet. Er trug sie vor, ein wenig theatralisch wie immer. »Keines meiner wirklich erfolgreichen Boote mit kühnen, erfahrenen Kommandanten steht nahe der Grönlandstraße oder kann in der erforderlichen Zeit, ehe der Geleitzug ins Eismeer entwischt, herankommen. Tut mir leid.« Seine Stimme drückte Bedauern aus.

»Aber …«, wandte Sauerbrunner ein.

»Ein Boot wäre in der Nähe«, fuhr Dönitz fort, »doch leider ist es *U-Z*.« Er äußerte dies mit dem Ausdruck tiefer Abscheu. Auf die entsprechende Frage der Anwesenden gestand er offen: »*U-Z* ist, das besagt schon die Tatsache, daß es keine taktische Nummer führt, der schlimmste Schrotthaufen der U-Boot-Waffe. Der Kommandant, Kapitänleutnant Henke, verstarb auf hoher See. Nun ist obendrein der I WO Wunder, einer der unfähigsten Offiziere meiner Waffe, Kommandant an Bord.«

»Auswechseln«, forderte Sauerbrunner.

»Wie denn, bitte? *U-Z* steht nahe am Geleitzug. Sechshundert Meilen Distanz oder siebzig Stunden AK-Fahrt. Ich muß Wunder das überlassen, und er wird es vielleicht schaffen.«

Canaris hatte wieder seine alte Form gefunden. »Nun, auch ein blinder Wunder findet mal ein Korn. Es geschehen noch Zeichen und Wunder.«

»Mit Gottes Hilfe«, sagte der Großadmiral.

»Gott gibt es nicht«, entgegnete Sauerbrunner.

Auf *U-Z* lief ein Funkspruch ein. Streng geheim, Gekados, nur für Offiziere. Kaum war er entschlüsselt und Wunder hatte ihn gelesen, gewann seine Stimme an Schärfe und Klarheit. Es war immer so. Trug man erst die Litzen auf den Schulterklappen, entpuppte sich die größte Pflaume als tüchtiger Bootsmaat.

Wunder nahm das Mikrofon vom Haken und sprach von der Zentrale aus an die Besatzung: »Herhören, Männer, hier spricht der Kommandant. Unser stolzes Schlachtschiff *Bismarck* wurde von überlegenen feindlichen Kräften versenkt. Es hatte einen Geheimauftrag, nämlich Operation auf den britisch-kanadischen Geleitzug *XQ-145*, der unterwegs zu den russischen Eismeerhäfen ist. In diesem Geleitzug sollte die *Bismarck* ein besonderes Schiff, den russischen Frachter mit Namen *Cruisenstern*, ausfindig machen und darauf einen ganz bestimmten Mann – also für die *Bismarck* keine leichte Aufgabe. Sie wurde durch britische Flotteneinheiten abgedrängt. Nun müssen wir an ihrer Stelle als einziges deutsches Kampfboot, das in der Nähe steht, die Aufgabe der *Bismarck* übernehmen. *U-Z* wird das schaffen. Wir erwarten in den nächsten Stunden Positionsmeldungen des Konvois.«

U-Z blieb aufgetaucht und die Funkstation auf Dauerempfang. Als erstes wurde *U-Z* das Planquadrat gemeldet. Der Kommandant und sein I WO beugten sich über die Marine-Quadratkarte am Koppeltisch. Diese Quadratkarte galt als streng geheime Kommandosache. Auf ihr waren alle Ozeane und die meisten Nebenmeere in Vierecke eingeteilt. Diese bestanden aus Großquadraten, die mit Buchstaben benannt und durch viermalige Unterteilung in Unterquadrate eingeteilt waren. Insgesamt gab es einundachtzig mal einundachtzig Kleinquadrate, jedes in natura mit einer Kantenlänge von sechs Seemeilen. Diese Quadrate waren besonders wichtig für den U-Boot-Krieg. Durch eine komplizierte Rechenoperation wurden sie auf die jeweilige geografische Lage umgesetzt. Diese Karte war nur Frontkommandos zugänglich. Der diesbezügliche Funkverkehr wurde verschlüsselt übermittelt.

Der Obersteuermann, der für die Navigation zuständig war, deutete mit der Zirkelspitze auf AE 63–71. »Das ist südlich von Spitzbergen, 22 Grad Ost, 77 Grad Nord.«

»Dann hat der Konvoi also schon Kurs von Grönland nordöstlich auf die Barentsee zu genommen.«

In den nächsten Stunden liefen präzisere Angaben herein. Ein deutscher Fw-200 C-4 Condor-Fernaufklärer hatte den Konvoi entdeckt. Der Standort wurde auf der Karte eingetragen.

»Entfernung 700 Meilen.«

»Oder 55 Stunden AK-Fahrt.«

Der Leitende befand sich ebenfalls in der Zentrale und vernahm ungläubig die Anforderung des Kommandanten. »Beide Maschinen AK. Neuer Kurs 330 Grad.«

Die Schraubendrehzahlen gingen hoch, das Boot beschleunigte, bei 360 Umdrehungen pro Minute lief es 18 Knoten. Doch der Gesichtsausdruck des Leitenden wurde immer besorgter.

»Wie lange, glauben Sie, Käpt'n, werden wir AK laufen?«

»Bis wir den Konvoi sichten«, erklärte Wunder.

»Also mehrere Stunden.«

»Tage«, verbesserte ihn der Kommandant. »Tage – zwei bis drei.«

»Meine armen Diesel«, jammerte der LI.

»Wären sie keine geworden«, bemerkte Wunder. »Mich hat auch keiner gefragt, was ich werden will!«

Die Brückenwache wurde verdoppelt. Die bewährtesten Männer ließen die schweren Gläser nicht von den Augen. Das Wetter hatte sich etwas gebessert. Es war trocken, klare Sicht, aber sehr kalt. Das Boot hatte auf Gegenkurs gewendet und arbeitete sich nun mit allem, was die Maschinen hergaben, auf Nordostkurs an den Gegner heran. Der Obersteuermann koppelte den Konvoi-Kurs weiter und berechnete den eigenen Vorhaltewinkel. Nach achtundvierzig Stunden waren sie laut Berechnung noch neunzig Meilen vom Konvoi entfernt, aber selbst zwölf Stunden später kam er noch nicht in Sicht, obwohl die Einsatzleitstelle Kurs und Geschwindigkeit von *XQ-145* weiterhin bestätigte.

»Wer mir den Konvoi als erster meldet, kriegt drei Tage Sonderurlaub«, versprach Wunder.

Einer murmelte: »Wohin, zum Nordpol?«

Der Kommandant überließ den Brückenwachdienst dem I WO, trug aber Sorge dafür, daß sie droben in vernünftigen Abständen Kaffee bekamen, stark, sahnig und süß, und daß die Ablösung pünktlich sich klarmachte. Er selbst berechnete mit dem Obersteuermann die Geleitzug-Suchkurve.

»Verdammt, wir müssen ihn in den nächsten Stunden haben.«

»Geleitzüge bleiben stets im Plan«, meinte der Obersteuermann, »wegen der sich ablösenden Bewacher. Natürlich gibt es Gründe, daß sie aufgehalten werden.«

»Defekte, Ausfälle?«

»Ja.«

»Schlechtes Wetter, Strömung?«

»Auch das, Herr Oberleutnant. Dazu kommen noch Nebel und Eis.«

Nebel war bereits da. Das Treibeis verdichtete sich immer mehr. Auf Anfrage des Kommandanten meldete der Horchraum noch keinen Kontakt.

In der Nacht zum 29. Mai, in diesen Breiten wurde es nicht richtig dunkel und nicht richtig hell, meldete der Ausguck endlich: »Objekt voraus.«

»Alarm!«

Im Horchraum nahmen sie das Maschinengeräusch auch wahr.

»Fehlanzeige«, meldete der Obermaat, »ein einzylindriger Glühkopfdiesel. Muß ein Fischlogger sein.«

U-Z fuhr die ganze Nacht hindurch und bis zum nächsten Mittag, ohne Kontakt zu bekommen.

Als sie schon fürchteten, es müsse ein Navigationsfehler vorliegen, sagte der I WO noch: »Wir hätten spätestens gegen Mitternacht auf *XQ-145* stoßen müssen, Herr Oberleutnant. Ich fürchte, wir sind dran vorbei, und er ist uns entwischt.«

Wunder mochte sich das lieber gar nicht vorstellen. Warten, warten. Das kostete Nerven. Endlich am Nachmittag die erlösende Meldung.

»Schiff in 65 Grad, läuft sehr schnell, muß ein Bewacher sein«, meldete der Obermaat. »Zerstörer oder Korvette.«

U-Z tauchte, bis der gefährliche Bewacher außer Sicht kam, dann ließ Wunder wieder hochgehen, und eine Stunde später waren sie mitten im Konvoi.

Hier, zentral im Geleit, waren sie vor jenen schnellen Bewacher-Jagdhunden, die den Konvoi umkreisten, um ihn gegen Angriffe zu schützen und U-Boote abzudrängen, verhältnismäßig sicher. Mit einer Sturheit, die er an sich selbst bewunderte, behielt Wunder Kurs bei.

Überall am Horizont tauchten jetzt die Silhouetten der Frachter heraus. Es waren sogar Tanker dabei, obwohl Rußland selbst über genügend eigenes Erdöl und Benzin verfügte. Das Problem der Russen bestand lediglich darin, es an die Front, in die Ukraine und nördlich davon heranzuschaffen.

Der Kommandant hatte den Männern im Ausguck die Silhouette des 4000-Tonners *Cruisenstern* genau beschrieben. Wegen der Wetterverhältnisse im Eismeer hatten die Russenfrachter der Nordroute meist eine hochgezogene Bugschanz. Achtern lagen sie oft tiefer. Also kaum zu verwechseln. Die sechs Mann auf der Brücke waren trotz ungünstiger Lichtverhältnisse bald in der Lage, die einzelnen Schiffe des Konvois zu selektieren.

Der Leitende kletterte in den Turm und meldete: »Der Backborddiesel, Herr Oberleutnant.«

»Was ist damit?«

»Er macht es nicht mehr lange. Kaum noch vernünftige Kompression.«

Etwas ungehalten fragte Wunder: »Läuft er noch oder überhaupt nicht mehr?«

Dem LI wurde die Antwort erspart.

Der Ausguck für den vorderen Steuerbordsektor schrie: »Das muß er sein! Der dritte in 05 Uhr!«

Die Gläser schwenkten herum.

Der I WO meldete nach unten in den Turm: »Brücke an Kommandanten. *Cruisenstern* gesichtet, Abstand vier Meilen, Gegnergeschwindigkeit fünf Knoten.«

Wunder hastete auf die Brücke. Die Position der *Cruisenstern* zwang ihn, den Kurs nördlicher zu nehmen, um sich vor sie zu setzen. Damit er seine Schußposition schnell erreichte, ließ Wunder die E-Maschinen zuschalten, auch wenn er damit Batteriestrom opfern mußte. Aber irgendwann einmal, vielleicht diesmal, am heutigen Tag, wollte er mit *U-Z* Erfolg haben.

Sie jagten näher heran. Spritzwasser schäumte bis zur Brücke. Schwarze Wolken von Dieselauspuff dampften hinter ihnen aus dem Kielwasser.

»Meldung, sobald wir Schußposition erreichen«, wandte er sich an den I WO.

Wunder scheute sich nicht, das Handbuch für U-Boot-Kommandanten zu studieren. Er hatte es immer nur unter dem Kopfkissen gehabt. Er schlug es auf. Seite 28, Abschnitt 11, der Unterwassertorpedoangriff. Abschnitt 91 besagte wenig: »Ziel des Unterwasserangriffs ist der sichere, unbemerkte Schuß aus geringer Entfernung.« Klarer Fall. Abschnitt 92: »Die untere Grenze des Nahschusses ist durch die Strecke gegeben, die der Torpedo bis zum vorgesehenen Tiefenlauf braucht. Auf Entfernungen unter 300 Meter ist nicht mehr zu schießen.« Man war ja nicht lebensmüde. Abschnitt 98: »Bei der Schätzung der Gegner-Fahrt ist das Heckwasser mehr als die Bugsee zu beobachten. Bei scharfgeschnittener Bugform ist diese häufig sehr gering.« Richtung falscher Wert. Abschnitt 100: »Angriff am besten aus der Sonne, Schütze soll nicht geblendet werden, Sehrohr sparsam bedienen. Wird oft reflektiert.« Abschnitt 100 b: »Das Sehrohr soll möglichst mit der von achtern auflaufenden See fahren. Spritzer und Wasserfahnen sind so weniger erkennbar.«

Im Kommandantenhandbuch stand noch eine Menge über Angriff, luv- oder leeseitig, über Seegang, Dünung und daß das Sehrohr gegen Gewitterwolken meist weiß aussah. Doch über Eis fand Wunder nichts.

Er sprach mit dem I WO: »Womöglich knallt uns der Torpedo von unten gegen die Eisdecke und detoniert.«

»Wenn der Tiefensteuerapparat taumelt.«

»Hoffen wir nicht das Schlechteste«, sagte Wunder und befahl: »Klarmachen zum Torpedoschuß ... vordere Sektion Rohr eins bis vier ... U-Boot-Zieloptik auf die Brücke für Überwasserangriff.«

Die UZO wurde nach oben gereicht und eingerastet. Sie war direkt mit dem Schußrechner im Turm verbunden.

Die Entfernung wurde, so gut es ging, geschätzt: »Gegner Abstand 2400 ... Lage rechts ... Gegnerfahrt 5 Knoten ... Lage laufend schalten ...«

Es dauerte nicht lange, dann folgten die letzten Kommandos: »Torpedoeinstellung für mittlere Distanz.«

»Eingestellt.«

»Tiefe drei Meter.«

Der Bugraum meldete: »Rohr eins bis vier klar.«

»Abschußklappen auf.«

»Abschußklappen sind geöffnet.«

Mit dem nötigen Vorhaltewinkel wartete Wunder, bis der Frachter *Cruisenstern* ins Fadenkreuz einwanderte. Doch er wollte versuchen, den Frachter achtern zu treffen. Dann gab er zwei Torpedos frei.

»Rohr eins und zwei los ...«

»Torpedos laufen«, meldete die Zentrale.

Neuer Befehl: »Klarmachen zum Tauchen.«

In der Zentrale starrten sie auf die vorrückenden Zeiger der Stoppuhren. Viel zu früh rollte die Detonation eines Treffers herüber. Der Torpedo war zu flach gelaufen. Seine Zündpistolen hatten Eisschollen getroffen. Der zweite T 5 war ein Versager. Jetzt galt es blitzschnell zu handeln, ehe die Bewacher herankamen.

»Rohr drei und vier.«

Kaum waren die restlichen Fächertorpedos abgefeuert, ließ Wunder tauchen und auf vierzig Meter Tiefe gehen. Nach 65 Sekunden spürten sie die Erschütterung eines Treffers. Sie lauschten auf Sinkgeräusche, das Knacken von Spanten etc., hörten aber nichts.

»Gegner sinkt verdammt langsam, Herr Oberleutnant«, fürchtete der I WO.

»Dann haben wir ihn achtern erwischt, wo die Schraube und das Ruder sitzen. Genau recht so.«

Er ließ kurz auf Seerohrtiefe gehen und wagte einen Rundblick. Die *Cruisenstern* hatte gestoppt, begann achtern zu sinken.

Am Seerohrgriff hängend, murmelte Wunder: »Die Besatzung muß noch in die Boote kommen.«

»Dann war das ein gekonnter Schuß, Herr Oberleutnant.«

»Nein, Zufall.«

Bewacher waren ringsum nicht in Sicht. *U-Z* hielt Kurs auf die *Cruisenstern* zu. Sie brannte nicht, ließ keinen Dampf ab und schoß kein Notsignal. Der Konvoi dampfte weiter, von den Bewachern war nach wie vor keiner zu sehen.

»Auftauchen«, befahl Wunder. »Anblasen.«

Als *U-Z* bis auf eine Viertelmeile an den russischen Frachter herangekommen war, sahen sie die Rettungsboote in der See dümpeln. Von dem Frachterdeck warf man noch Rettungsinseln über Bord. Die letzten Besatzungsmitglieder verließen die *Cruisenstern.*

Die Matrosen in den Rettungsbooten legten sich in die Ruder, um von dem sinkenden Schiff und dem Sog, den es möglicherweise erzeugte, wegzukommen. In Sichtweite der Rettungsboote ließ Wunder nach einem Mann Ausschau halten, von dem er glaubte, daß er mehr wie ein Zivilist, weniger wie ein russischer Seemann aussah. Immer wieder streifte er mit dem Glas die Gesichter ab, bis er einen etwa dreißigjährigen blondbärtigen Mann entdeckte. Er trug eine hochgeschlossene amerikanische Windjacke und eine Baseball-Kappe.

Seiner Sache ziemlich sicher jetzt, nahm er das Megaphon und rief auf Englisch hinüber: »Wer von Ihnen ist Dr. Fox?«

Wie zu erwarten meldete sich niemand. Sie passierten das nächste Rettungsboot. Wunder wiederholte seine Frage und glaubte gesehen zu haben, wie sich der Passagier mit der Baseball-Kappe hinter der breiten Schulter eines Russen in Deckung brachte. Ganz sicher, daß er den Gesuchten vor sich hatte, würde es nur noch kurze Zeit dauern, bis sie ihn an Deck und auf *U-Z* hatten.

»Kommen Sie lieber freiwillig herüber, Dr. Fox!« rief er. »Das Wasser hat keine 2 Grad Temperatur! Keine Überlebenschance hier auf 22 Grad Ost. Ich gebe Ihnen genau eine Minute.«

Doch das Schicksal war wieder einmal gegen *U-Z.* Der Brückenausguck vom achternen Sektor schrie: »Zerstörer läuft an in 07 Uhr, Distanz zweitausend Meter.«

Zu spät. Wunder gab Alarmtauchen, was *U-Z* immerhin in Rekordzeit von achtundvierzig Sekunden schaffte. Doch schon hagelte es Wasserbomben.

Oberleutnant zur See Wunder hatte im Heckrohr noch einen schußklaren Torpedo. Ohne Hoffnung, den Gegner damit zu treffen, ließ er ihn blind abfeuern, um den Zerstörer zu beeindrucken. Das brachte ihm vielleicht einige Sekunden Zeit.

»Torpedo läuft.«

Nach siebzig Sekunden war klar: kein Treffer.

Kaum hatten sie 50 Meter Tiefe erreicht und schlugen den ersten Haken nach Backbord, gerieten sie in eine Gruppe gestaffelt explodierender Wasserbomben. Wunder selbst hatte nur wenige Wasserbombenangriffe erlebt, kannte sie aber aus Erzählungen anderer Kameraden. Eine scheußliche Sache, eingesperrt zu sein im Wasser, ringsum Detonationen, daß das Boot bebte. Doch dieser heute mußte wohl einer der schlimmsten sein. Die zweite Serie erwischte *U-Z* auf 60 Meter Tiefe. Ständig holte sie das Zirpen des Asdicstrahls ein, ein tödliches Geräusch. Das Boot wurde geschüttelt wie eine Babymilchflasche vor Gebrauch. Es schmerzte in Brust und Ohren, dieses donnernde Bersten. Das Licht fiel aus. Irgendwo platzte eine Dichtung. Wasser drang ein. Wunder wechselte Geschwindigkeit und Kurs, schlug Haken und ging bis auf hundert Meter. Er war die Ruhe selbst und wunderte sich sehr darüber. Anders als der Zerstörerkommandant da oben, der war äußerst wütend, hatte Asdic, ließ sich nicht abschütteln. Er warf nicht die üblichen Dreierserien von Wasserbomben, sondern so gut wie fast alles auf einmal. Krachende Detonationen rings um das Boot. *U-Z* vibrierte von vorne bis hinten, wurde durchgeschüttelt. Im Licht von Taschenlampen schraubten die Zentraleleute neue Sicherungen ein. Jemand meldete Wassereinbruch. Sie wurden hin- und hergeschleudert. Schreie von Verwundeten. Danach kam es ganz schlimm. Noch zwei weitere Zerstörer liefen heran mit sirrenden Schrauben.

Nachdem sie eine Stunde gehetzt worden waren und die schwarze Strichtafel mehr als hundert Wasserbomben verzeichnete, erwischte es *U-Z* endgültig. Es wurde von detonierenden Wasserbomben förmlich eingekreist.

Wunder dachte weniger an sich als an seine Männer. Besser fünf Minuten feige als ein ganzes Leben tot. Um nicht auf Tiefe zerfetzt zu werden, beschloß er, sich zu ergeben.

Er befahl: »Anblasen. Preßluft auf alle Tanks, Tiefenruder hart oben.«

Die Männer blickten ihn an, als wäre von ihm noch Hoffnung zu erwarten.

»Jetzt bloß hoch mit dem Boot«, wünschte er halblaut.

U-Z kam nicht mehr dazu, die Wasseroberfläche zu durchschneiden. Eine fürchterliche Detonation erwischte es, als sei ein Sprengkörper direkt auf den Turm geknallt und dort explodiert.

»Klar bei Tauchretter!« befahl Wunder. »Aussteigen, wer noch kann.«

Alles drängte sich um den Ausstieg von der Zentrale zum Turm. Im Strom des eiskalt eindringenden Wassers halfen die Männer den verwundeten Kameraden nach oben. Der Zentralemaat kletterte als erster hinauf. Nur mühsam konnte er das Turmluk aufdrehen. Mit dem Schwall des Überdrucks riß es einige Männer hinaus in die Dunkelheit. Unter ihnen auch Oberleutnant zur See Wunder.

So trieben sie in ihren Tauchrettern, während der Turm von *U-Z* langsam zwischen den Eisschollen versank. Ein paar Köpfe trieben in der eiskalten See, wo es kein Organismus schaffte, länger als ein paar Minuten am Leben zu bleiben.

Einen nach dem anderen von der Besatzung ereilte der Tod. Stumm, ohne zu kämpfen, starben sie, waren einfach weg. Als einzige Überlebende der Besatzung von *U-Z* fischte man den Kommandanten heraus und den Funkgefreiten Hübner. Der aber starb noch in der Nacht an seinen Verletzungen. Gerettet hatte sie ein amerikanischer Walfänger aus Massachussetts. Sein Heimathafen war Kentucky.

Der Kapitän des Walfängers sagte: »Sie haben Glück, daß wir auf der Heimfahrt sind. Wenn wir auslaufen, sind wir meistens sechs Monate unterwegs.«

»Danke für die Rettung«, sagte Wunder.

Der tiefliegende, volle Walfänger hielt Kurs Neufundland. Wunder nahm an, daß sie ihn in Amerika internieren würden, denn noch befanden sich die USA nicht im Krieg mit Deutschland.

Den ganzen Tag gab es Fisch.

Er mochte keinen Fisch.

Was Wunder vermißte, war ein Leberwurstbrot. Und seine Trompete.

Moskau

Ein frostiger Spätfrühlingstag. Am Nordbahnhof liefen noch planmäßig alle Züge aus den sibirischen Provinzen, aus Murmansk, Nowgorod, Leningrad ein, und dies, obwohl die deutschen Truppen schon wenige hundert Kilometer vor der Hauptstadt standen. Mit allen Zügen, die Moskau meist halbleer anfuhren, wurde die Bevölkerung evakuiert. Dann besetzten doppelt so viele Menschen die Waggons, wie diese aufnehmen konnten. Die Flüchtlinge hingen auf den Trittbrettern, klammerten sich an den Türen fest oder saßen auf den Dächern. Immense Mengen von Aktenmaterial der Behörden wurden Richtung Ural verladen.

Da alles nur in eine Richtung ging, nämlich zu den Bahnhöfen, hatte der Mann aus dem Nordexpress kein Problem, ein Taxi zu bekommen. Die hochbeinige 35er Ford-Limousine brachte ihn an den Frounzenskaia-Quai, eine genaue Adresse war dem Zivilisten, der einen amerikanischen Konfektionsanzug trug, nicht bekannt. Zum Glück sprach der Taxifahrer etwas Englisch.

»Zum Kriegsministerium«, sagte der Fahrgast.

»Das ist auf viele Stellen in der Stadt verteilt«, entnahm er der Antwort des Moskowiters. »Haben Sie vielleicht einen Namen?«

»General Maximow.«

»Ja. Der sitzt im Saldikowskaja Prospekt – glaube ich.«

»Und wo ist das?«

»Andere Flußseite, Karl-Marx-Viertel.«

»Bringen Sie mich bitte hin, Genosse.«

»Sofort, Genosse«, antwortete der Russe ein wenig spöttisch.

Am Ziel mußte der Fremde mehrmals herumfragen, wurde kritisch gemustert und dann von der Wache auf Waffen durchsucht. Ein Zeichen für Dr. Fox, daß er sich offenbar seiner Zielperson, dem Chef des Rüstungsministeriums, näherte. Dann fing die Warterei an. Er saß mit anderen Russen auf einer langen, unbequemen Bank in einem langen, unfreundlichen Korridor. Mehrmals kam einer vorbei mit Akten unter dem Arm.

Einmal sagte er in mühsamem Englisch zu Fox: »Wir müssen erst den Dolmetscher suchen. Möchten Sie vielleicht mit dem Genossen Ministerialrat sprechen?«

Erfahrungsgemäß hatten in Rußland nur die Funktionäre in der ersten Linie Entscheidungsfreiheit.

»Nein, danke«, sagte Fox. »Keinen Subalternbeamten. Außerdem erwartet mich der General.«

Es wurde Nachmittag. Er bekam Hunger, hatte aber kaum Rubel. Wieder schlurfte der Aktenträger vorbei.

»Wo kann man hier essen?« fragte Fox.

»In der Kantine.«

»Teuer?«

»Alles frei.«

Er ging hinunter. Die Kantine glich mehr einer Turnhalle mit Tischen oder einem Bahnhofsrestaurant vierter Klasse. Offenbar gab es einheitliche Mahlzeiten. Er wurde gar nicht gefragt. Eine unfreundliche Kellnerin stellte ihm einen Teller mit Borschtsch, Krautsuppe, hin. Für seinen Geschmack hatten sie zu viele rote

Bete genommen, aber vermutlich war jetzt Erntezeit für diese Knollen. Kaum war der Teller leer, schob man ihm den nächsten hin. Kleine Pfannkuchen, die sie hier Blinis nannten, mit saurer Sahne. Schmeckte echt super. Und der Tee sowieso.

Fox hatte noch fettige Finger von den Blinis, als die Lautsprecherdurchsage kam. Ein Dr. Fox wurde aufgerufen, sich im obersten Stock Zimmer soundso zu melden.

Er mußte erst durch zwei Sekretariate. Das riesige Büro war getäfelt mit sibirischer Kiefer. Hinter einem Schreibtisch, der dreimal so groß war wie der größte, den Fox je gesehen hatte, saß ein ziemlich fetter Mensch mit Glatze und jeder Menge Orden. Zweifellos war das General Maximow. Er stand nicht auf, reichte Fox nicht die Hand, sondern sagte etwas auf Russisch, das etwa heißen konnte: Sie sind also dieser deutsche Eierkopf. Das Gespräch begann eigentlich erst mit Erscheinen des Dolmetschers, einem eher mickrigen Sekretärstyp. Von da ab verlief das Gespräch allerdings recht flott. Der Dolmetscher übersetzte rasch, was General Maximow wünschte.

»Wir haben Sie erwartet, erzählen Sie Ihre Geschichte.«

Fox begann bei seinem Studium, erzählte von Haigerloch, von seiner Flucht, von seiner Arbeit im Ohio-Tal.

Maximow verzog keine Miene. »Klingt abenteuerlich.«

»Zweifeln Sie etwa daran?«

»Hört sich ja an wie ein Roman von Tolstoi.«

Der Generalkommissar für Rüstung schien offenbar

nicht recht von dem überzeugt, was Fox erzählt hatte. Seine Mundwinkel zeigten nach unten. »Haben Sie Beweise?« lautete seine Frage.

Fox legte seinen amerikanischen Paß vor. Der war von Seewasser durchweicht, doch er hatte ihn sorgsam gehütet.

General Maximow blätterte ihn nicht einmal durch.

»Ich war Mitarbeiter von Professor Oppenheimer und Fermi am amerikanischen Manhattan-Projekt.«

Zweifellos wußte der General, was das bedeutete. Eigentlich hätte er elektrisiert sein müssen, zeigte aber keine Regung. Rasch hintereinander hagelte es eine Reihe von Fragen. Wie in einem Kreuzverhör. Maximow fragte nach Haigerloch, nach Berlin, nach der Uranfabrik am Ohio River und warum das FBI Dr. Fox offenbar für einen russischen Spion hielt. Noch immer klang das alles so fantastisch, daß der General an der Person des Besuchers zweifelte. Schlichtweg glaubte er ihm einfach nicht.

»Verfügen Sie über Dokumente?«

»Keinerlei Aufzeichnungen, Herr General.«

»Skizzen, Notizen ...?«

Fox deutete mit dem Zeigefinger der linken Hand an seine Schläfe. »Sitzt alles hier im Kopf. Lassen Sie es doch von Ihren Experten prüfen. Ich bin bereit dazu.«

Er wolle sich ja nicht blamieren, äußerte Maximow. Ein Atomwissenschaftler, wie er ihn erwartet hatte, sah offenbar anders aus. Nicht blond, von jugendlichem Alter, sondern gesetzt und grauhaarig. Schließlich erklärte der General: »Wir sind schon so vielen Betrügern aufgesessen, daß wir uns neuerdings sehr gut vorbereiten. Es gibt noch einen Weg.«

Er schickte den Dolmetscher hinaus und drückte auf einen Klingelknopf aus Messing. Minuten später rissen die Wachtposten die hohe Flügeltür auf. Fox, der mit dem Rücken zur Tür saß, hörte nur, wie sich Stiefelschritte näherten. Aber wenn er sich nicht irrte, waren es die Schritte einer Frau. Er drehte sich halb um. In der weiblichen KGB-Uniform mit den Rangabzeichen eines Obersten stand jemand auf dem Teppich. Die Frau hatte eine stämmige Figur, der Kopf lag aber so im Schatten, daß Fox das Gesicht nicht erkannte.

Der General wandte sich an den weiblichen KGB-Offizier: »Sie haben mitgehört, Oberst?«

»Jedes Wort, General.«

»Also, ist es der Mann, den wir erwarten?«

»Ja, sicher, Genosse General.«

Michael Fox kam diese Stimme plötzlich bekannt vor. Er versuchte, sich zu erinnern.

»Was macht Sie sicher, Oberst?« wollte der General wissen.

»Ich kenne Dr. Fox seit zwanzig Jahren.«

Jetzt hielt es Fox nicht mehr im Sessel. Er stand auf, verlor beim Anblick des weiblichen KGB-Offiziers beinahe die Fassung. Mühsam stieß er hervor: »Du, Gretchen Siebenlist? Das darf nicht wahr sein.«

Sie blieb frostig kalt. »Es ist wahr.«

»Von der SS zum KGB. Seit wann?«

»Seit 1936, als sie meinen Vater aus der NSDAP rauswarfen, weil er einem alten jüdischen Ehepaar eine Kellerwohnung in unserem Häuserblock zuwies.«

»Dann ... dann hast du das aber gut verborgen.«

»Ich habe dir oft geholfen, denk an Bremerhaven. Sich zu verstellen, das lernt man.«

»Wo?« fragte er.

Auf einen Wink des Generals hin wurde die Genossin Siebenlist entlassen.

Dr. Fox rief noch eine der üblichen Flokseln hinter ihr her. »Man sieht sich.«

Diese Frau war doch zweifellos als Doppelagentin tätig gewesen. Anzunehmen, daß seine Papiere in Kanada und seine Passage auf der *Cruisenstern* von ihr organisiert worden waren.

Dr. Fox bekam ein Zimmer in einem Moskauer Asylanten-Hotel zugewiesen. Dort stellte er sich den sowjetischen Wissenschaftlern zur Verfügung. Es dauerte nicht lange, bis sie ihn in ihr Forschungszentrum an der Universität in Novosibirsk riefen.

Nur wenige Jahre nach der Detonation der amerikanischen Atombombe in Hiroshima besaßen auch die Russen den ersten funktionsfähigen Nuklearsprengsatz.

1951 hatten sie schon ein Dutzend davon.

When you're smiling

Kaum war er aus dem Internierungslager entlassen, das war im Herbst 1945, fuhr Charles Wunder, jetzt Charly Wonder, nach New York. Dort nahm er jeden Job an, den er kriegen konnte. Weil er ein bißchen aussah wie der Filmschauspieler Clark Gable ohne dessen Oberlippenbärtchen, mit Gables Lächeln allerdings, mochten sie ihn überall gern. Er sparte eisern jeden Cent und kaufte sich endlich etwas, ohne das er nicht leben konnte: eine Trompete. Damit zog er nachts durch die Jazzkneipen von Manhattan, und weil er ein Könner war, durfte er überall mitjazzen. Sie klatschten schon, wenn er kam. Sogar Louis Armstrong bestätigte ihm, daß er jeden Ton richtig treffe, daß er Rhythmus und Variationssicherheit habe. Sein Trompetenstrahl, klar und rein wie Bergkristall, fiel einem Künstleragenten auf. Es dauerte nicht lange, und C. Wonder spielte bei Benny Goodman. Sogar in dem denkwürdigen Open-Air-Konzert in der Carnegie Hall blies er ein Solo. »*When the angels sing*.« Er schrieb Arrangements, auch für Big Bands, begann zu komponieren. Berühmt machte ihn das Arrangement von »*Sunny side of the street*« in Marschrhythmus. Er komponierte Filmsongs für Sonja Hennie und Fred Astaire. Dean Martin sang sein Spezialarrangement zu »*When you're smiling*«.

Der Ruf nach Hollywood ließ nicht lange auf sich

warten. Seine Freunde warnten ihn allerdings davor, nach Kalifornien zu gehen.

»Dort machen sie jeden kaputt. Sie quetschen die Künstler aus, bis sie keinen Tropfen mehr geben wie eine gepreßte Zitrone. Denk an Gershwin. Und was nützt es dir, wenn du eine Menge Dollar machst?«

Gerade darauf kam es Wonder an. Er komponierte im Stil von Kern, Gershwin, Cole Porter, Irving Berlin. Bald konnte er sich in Beverly Hills das Haus eines pleite gegangenen Filmproduzenten kaufen. Und dann gab er eine große Party. Aus drei Gründen. Zum ersten Mal wurde in den neuen Swimmingpool Wasser eingelassen, seine letzte Schallplatte war eine Million mal verkauft worden. Sie hieß *»Submarine Blues«*. Der dritte Grund stand in der Garage.

Einer seiner Freunde nahm ihn beiseite und fragte: »Was verdienst du eigentlich pro verkaufte Platte, Charly?«

»Zehn Prozent von jedem Dollar«, sagte Wonder, und der andere staunte nur noch.

Es ging hoch her in dieser warmen kalifornischen Nacht unter einem endlosen dunkelblauen Sternenhimmel. Musiker waren da, Sänger, Tänzer, Girls, Revuesterne, Schauspieler, Produzenten. Immer tauchten sie dort auf, wo ein Mann den Mittelpunkt bildete, von dem sie wußten, er würde bald ein ganz Großer werden. Es wurde viel getrunken, geflirtet, palavert. Endlich, in der Morgendämmerung, verließ der letzte Gast die Villa.

Allein in dem leeren Haus, legte Charly Wonder noch einmal seine *»Submarine Blues«*-Platte auf, goß sich einen Schluck Whisky als Absacker ein und ging dann hinüber in die Garage, wo der dritte Grund für die Fete stand – ein Sportwagen in Metallic-Silber, der erste Porsche vom Typ 356, der je in Los Angeles verkauft worden war. Quasi als Taufe schüttete Charly den letzten Rest Whisky über den Kotflügel, zwängte sich dann, betrunken wie er war, ins Cockpit und ließ den Motor an. Der luftgekühlte Doppelvergasermotor röhrte rasselnd los. Er fuhr rückwärts hinaus, drehte am Vorplatz, daß der Kies spritzte, und raste von Beverly Hills Richtung Küste. Obwohl auf dem Santa Monica Boulevard nur vierzig Meilen erlaubt waren, fuhr er neunzig. Er rauschte an den Palmen, die die kerzengerade Straße säumten, vorbei. Er trat das Gaspedal voll durch und fühlte sich glücklich. Im Radio kam sein *Submarine Blues*. Er sang und pfiff mit. Kurz vor der Einmündung zum Lincoln Freeway gab es noch eine Querstraße, eine Kreuzung. Und dort nahm ihm ein vierzig Tonnen schwerer Mack-Dreiachser die Vorfahrt. Er hatte meterhoch Papierrollen geladen. Der Idiot dachte wohl, um diese Zeit gäbe es keinen Verkehr, und wollte das Rotationspapier rasch in der Druckerei des *Hollywood Herald* abliefern.

Bevor er den Lastwagen hörte, sah Charly Wunder die Scheinwerfer. Er trat voll in die Eisen. Der Porsche bremste jaulend, schleuderte herum und knallte mit der linken Seite gegen die hinteren Reifen des Mack. Der Porsche war Schrott, aber sein Fahrer stieg, wenn auch benommen, so doch unverletzt aus. Charly Wonder atmete tief durch.

Na so was, dachte er. Traum oder Wirklichkeit?

Hinter den Hügeln von Hollywood ging die Sonne auf. Es würde ein schöner Tag werden.

Ein schöner Tag zum Leben.